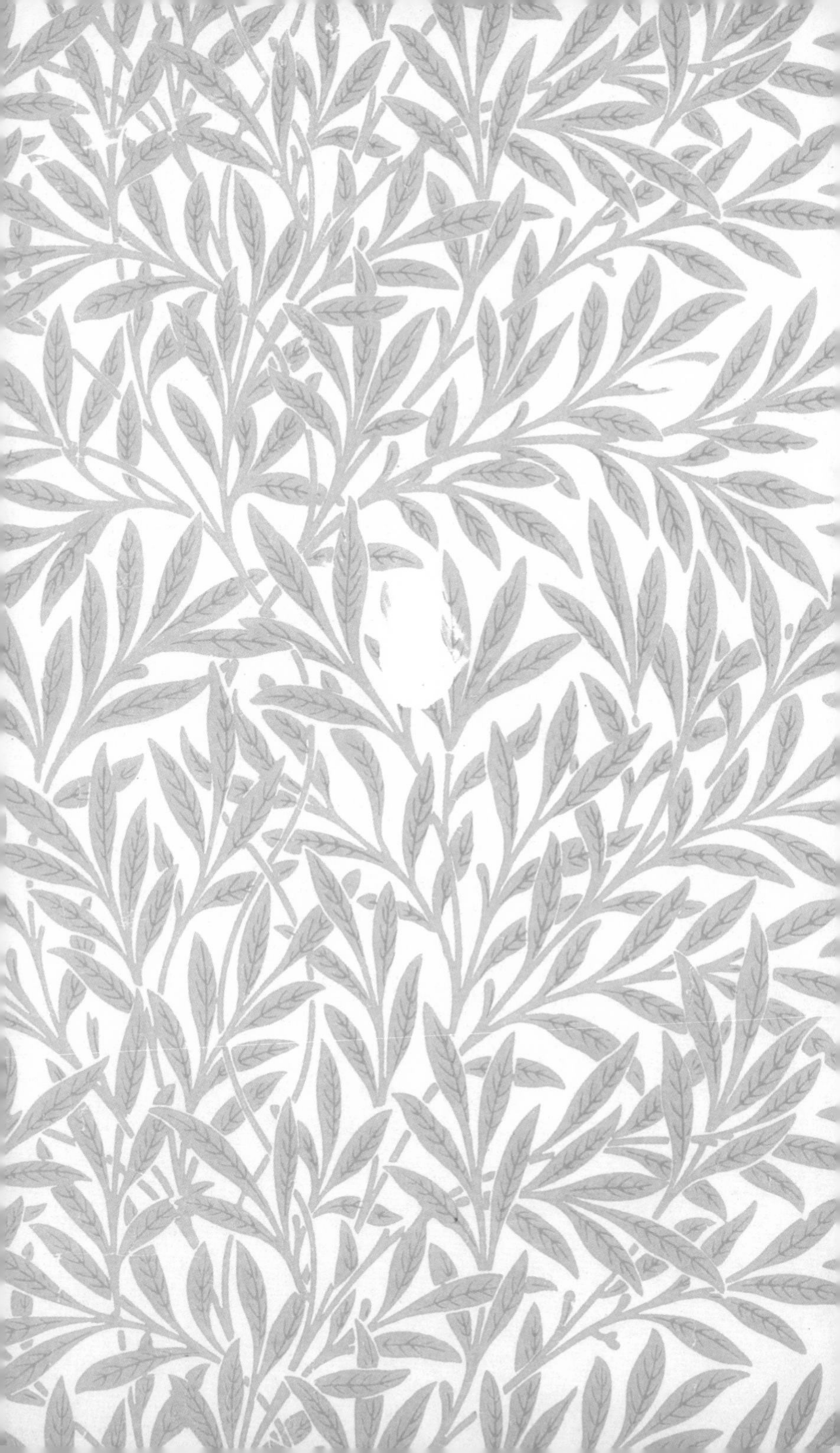

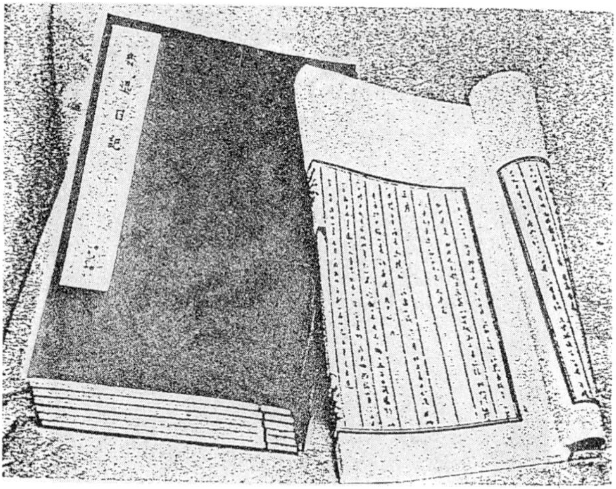
魯迅日記

↑圖一　魯迅日記手稿。

↘圖二　林語堂題聯。

↓圖三　葉紹鈞手迹：1980 年元旦題辭。

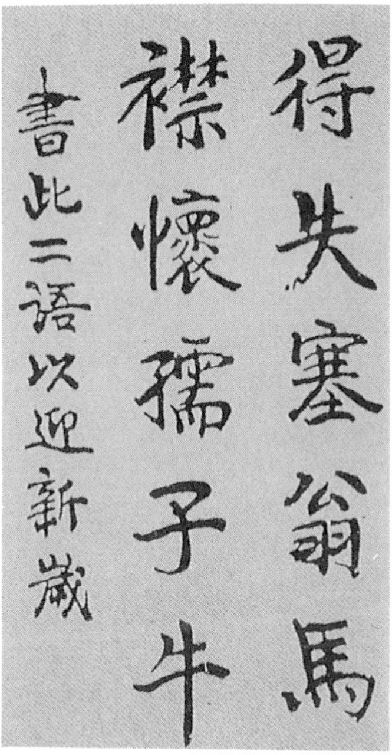
得失塞翁馬
襟懷孺子牛
書此二語以迎新歲

文章可幽默
作事須認真
林語堂

↑圖六　金溟若先生。

↑圖七　劉天華先生。

↓圖八　劉半農先生。

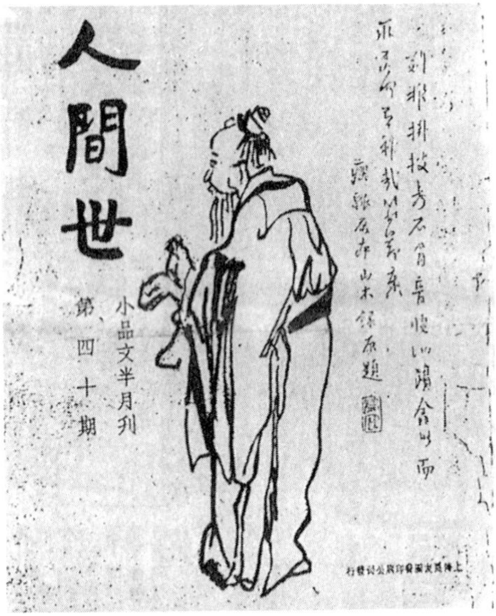

↑圖四　《人間世》第四十期，封面上的字是林語堂所題。

↓圖五　吳淞中國公學，臨黃浦江與長江匯合處。

→圖九　1933 年魯迅(左)，蕭伯納，蔡元培合攝於上海。

↓圖十　1926 年郭沫若(後中)，郁達夫(前左)，成仿吾(右)執手杖，王獨清(左)合攝於廣州。

→圖十一　趙元任先生是當代天才的語言學家，許多人來聽他演講只是想聽聽他的標準的國語。

↓圖十二　1992年春，繆天瑞(左)氏兄弟攝于北京寓舍。

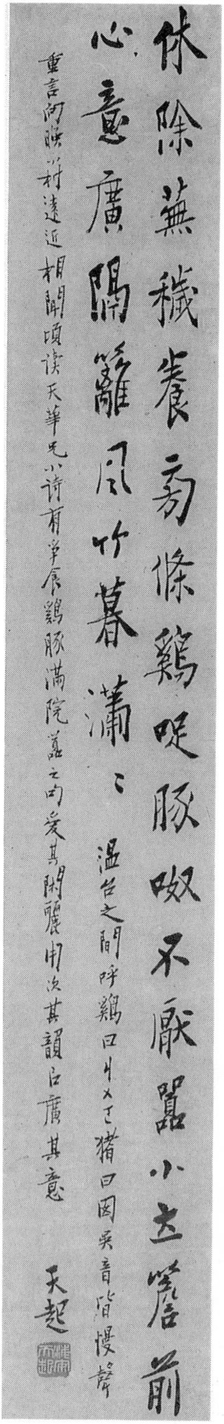

→圖十三　逸菴和詩墨跡。

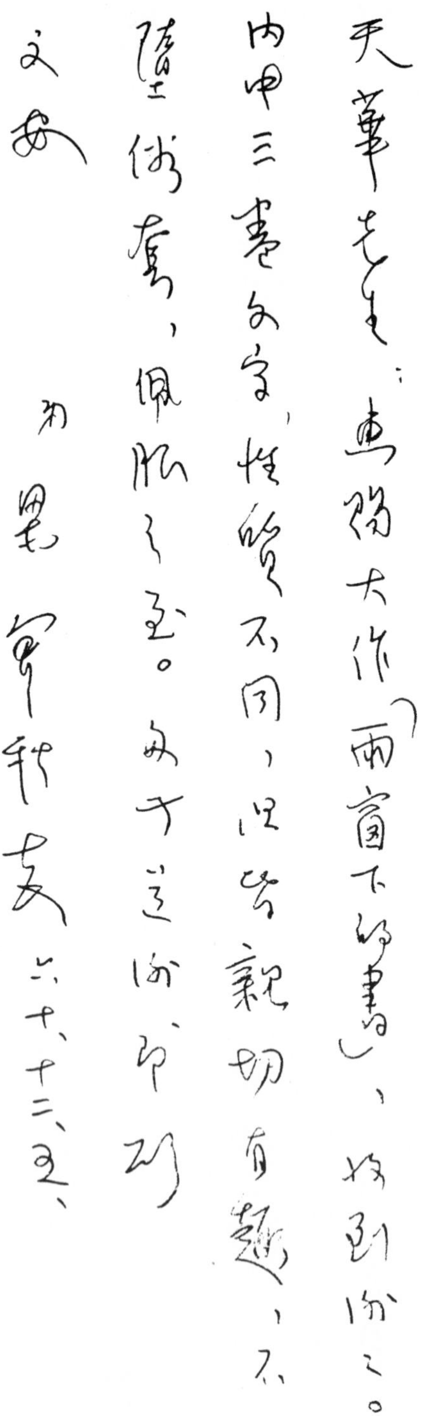
天華先生：
惠贈大作「雨窗下的書」，收到謝謝。
內中三卷文字，性質不同，但皆親切有趣，不
隨俗套，佩服之至。匆匆道謝，即頌
文安
弟 梁實秋 上 六十、十二、五、

←圖十四　梁實秋先生致作者的信手迹。

↑圖十五　從花港眺望蘇堤。

↓圖十六　作者攝于灕江上。

↑圖七　姜亮夫先生九十壽辰。

三民叢刊101

桑樹下

繆天華著

三民書局印行

小引

繆天華

我平時不喜歡交際，熟人很少，因此電話也就不多。五六年前，《中副》主編突然打了電話來，要我寫一些三十年代的文人掌故之類的文字，我想了一下，回答說：「我不妨試試看，寫一個不定期的專欄。」我寄了三篇稿子去，不久都登出來了。後來我又陸續有稿子寄去，不過很慢，不多。

我向記憶的深處去挖掘，探索，翻閱塵封了的日記、舊資料，尋找線索，彷彿時光倒流，往日的影像又顯現在眼前。梁任公曾說：「讀名人傳記，最能激發人志氣。」他這話我確實有同感。我企圖追尋許多年前所耳聞眼見的名人、文人的逸事、趣談、怪癖、狂言……，選取那些感人至深的，能夠發人深省的，或者趣味濃郁的，……即使一鱗半爪，都儘量地搜羅，我一心想以美妙的文字，寫下這些文壇上人物的軼聞趣事，生動而逼真，既足以娛心，又可以尋味。這並不是偶像崇拜，其用意在於激厲讀者的高遠的志趣，遠離消沉絕望的深淵。

我自嫌我的文字太平淡，缺乏刺激性，尤其是題目。有時候編者改題目改得非常之好，例如：〈周氏兄弟點滴〉改為〈魯迅作品虛與實〉，〈我的大哥〉改為〈我的大哥有寫作狂〉，〈兩個朋友〉改為〈超人和逸菴〉，……真有點鐵成金之妙。在這裡我要向梅新先生深致謝意。

有一次和朋友通電話，他偶然隨口說：「你的文章發表了不少啦，可以結集起來吧？」這話提醒了我。我把積存的稿子拿出來數一數，共有四十來篇，足夠出一本書了。我先得想一個新穎脫俗的書名，然而這可不是容易的事。

從內容來看，其中有三篇都是關於日記的，像這類的題材，似乎容易博得讀者的歡喜，因為有不少的人每天都在寫日記，尤其是年輕的女孩子。有人告訴我說：他到臺大醫院去探視病人，看見鄰近的病牀上傳遞著一冊剪貼本子，裡面就貼著一篇我的作品〈我與日記〉。這篇短文曾在七十四年九月《人間副刊》上刊出。另一篇〈桑樹陰下小品〉，內包括〈日記〉等四個極短篇，也曾經引起好奇的讀者的興趣，寫了信來向我訴說她的感觸，以及問一個問題。

其餘較多的是關於人物、逸事、趣談等，這些是為了專欄而寫的。有些篇似乎頗引起讀者的注意，因為常有人見面時向我提到專欄的文章。而內中〈姜亮夫〉一篇，竟從美國傳到中國大陸，而到達姜亮夫（名寅清）先生本人的眼前。後來亮夫先生自杭州寫信給我，並且託我調查有關臺灣翻印他的書的版稅等事。而臺中有徐蕙芳女士轉來限時信，說她看了我的文章，驚悉姜亮夫先生有喪偶之痛，她和姜夫人是童年好友，既悼念好友人天永隔，又關心亮夫先生的晚景淒涼，要我告訴她姜先生杭州的住址，以便致函弔唁。小小的一篇短文，竟引起這麼多的回應，真是出人意表。

我因此想到一個書名，叫：《人物・逸事・閑情》。這三者涵蓋了全書許多篇，「閑情」是指抒情、遊記等的文字而言。不料這部稿子送到三民書局，他們認為書名太文雅，又太冗長，不容易被一般的讀者所接受。我想起以前上海開明書店出書的情形：據說作品雖然經編輯部審查合格，倘若營業部通不過，還是不能出版。……這樣想，心裡也就坦然了。我只好偷懶，把書裡第一篇〈桑樹陰下小品〉的篇名充作書名，又嫌六個字太長，截取一半，叫做《桑樹下》。——這書名，却通過了。

上週有幾個學生來我家，有一個一見面就問：「您坐在哪裡寫作啊？」我指著窗下。她向窗外看（她是看過我那篇小品的），却看不到什麼桑樹，因為那株桑樹已經枯死了，現在替代它的是紫薇和蓮霧樹。然而你可以想像桑樹下的境界，是頗有幽趣，很吸引人的；而這書裡的許多篇，我都是坐在這綠陰下面寫成的。拿這當做書名，我想，也是滿不錯的。

我在寫這些文字的過程中，偶然碰到了窒礙，就一定跟慶萱君商量，——他是我的忘年的畏友，而往往從他的話裡得到一些啓示，或消釋了疑團，我於是重新拿起筆來。

屠格涅夫在枝葉繁茂的橡樹林下的亭子裡寫小說，寫了一部分，忽然寫不下去了。他開始懷疑，無端地憂慮，……打算不寫了。他的好友涅克拉索夫知道了，趕快給他寫了一封非常懇切的信，說：「你想知道我的意見嗎？……你要知道，俄國全體作家和讀者羣中，只有一個人認為你的前途完了，——這個人就是你本人！相信自己吧，寫下去吧！」於是他集中精力，埋頭一連寫了七個星期，完成了那部名著《羅亭》。

作家在寫作時碰到一些挫折、沮喪，確是需要知音者的指點和慰藉。曹雪芹假如沒有脂硯齋、畸笏叟的評抄，《紅樓夢》也許寫不到八十回。

慶萱在韓國外國語大學任客座教授的時候，忽然興來，寫了一篇〈《耳聞眼見散記》讀後〉，在《中副》登出（七十九年十一月九日）。這篇批評自然不無溢美的話，然而他把我這十多篇的拙作，不但剖析入微，又將我的慘澹經營的苦心，津津道出，真使得我既驚佩又感愧。現在徵得他的同意，把這篇〈讀後〉擱在我的書的前面，也可以當做一篇「代序」。

讀者們，我實在無須再聒絮了，——有的話，〈代序〉已經替我透露了。

此外，我還得向素貞君道謝，因為她常替我潤飾文字，使不經意的瑕疵得以減少。

八十四年三月十九日傍晚，寫于綠窗之下。

《耳聞眼見散記》讀後
——開卷有益，掩卷有味。

黃慶萱

《耳聞眼見散記》是《中副》一個專欄，自七十七年三月十七日刊出首篇〈粉筆灰〉，三年來陸陸續續已發表十多篇了。讀者頗有回響，可說是很受歡迎的專欄。

作者繆天華先生，出生於孫詒讓、林公鐸諸大儒的家鄉——浙江瑞安，是瑞安望族。他的胞長兄繆天瑞先生，是當代音樂理論權威。繆天華先生幼受長兄的影響，也愛好藝術。不過後來學的不是音樂，而是文學。十多歲從瑞安到上海求學，在吳淞中國公學念書。那是一所由胡適之等創辦的大學，時間正是百家爭鳴的三十年代，繆先生生長在這樣一個環境中，自然有機會見到當代許多學者，聽過他們許多逸事。加上繆先生有保存資料和記日記的習慣，三十年代的一些書刊、圖文，部分仍保留著。寫起《耳聞眼見散記》，自然得心應手，回憶和資料交流湧現。而所謂「耳聞眼見」，當然也包括繆先生親自見過親自聽過的直接經歷，和繆先生聽自別人見自書刊的間接資料。像〈吳淞江畔〉，寫自己在「吳淞中國公學」，聽校長馬君武演講，選修施蟄存、李青崖的課。〈我與《人間世》〉，寫作者向《人間世》投稿刊出的經過。〈超人和逸菴〉，寫自己的兩個朋友：都是繆先生親身經歷。而寫鄭振鐸，則「沒有機會去聽」，是由「一個曾聽過他的課的朋友那裡得知」的，寫李叔同，則據豐子愷的悼念文。寫魯迅，參考了周作人的《知堂回想錄》，這些卻間接見聞居多。繆先生把直接間接的見聞綰合在一起，娓娓道來，像白頭宮女說當年，別有一番懷舊的情調在，可能就是這個專欄所以受歡迎的原因之一。

《耳聞眼見散記》的內容，以人物逸事為主。〈粉筆灰〉記沈從文、梁實秋、郁達夫、趙景深、李叔同、趙元任等名教授的板書情形。〈吳淞江畔〉寫到馬君武、胡適之、施蟄存、鄭振鐸、陸侃如、李青崖。〈記憶力〉記空性、陳獨秀、朱子範、錢鍾書的博聞強記，並旁寫王獨清、康白情、陳曉初。〈誰是迂夫子〉論張荊玉、夏丏尊之不迂，反襯出某老秀才和陸拜言之迂來。這幾篇，可以說近乎人物的「合傳」。〈超人和逸菴〉記的是性格迥然不同的兩位朋友。〈懶學生懷舊師〉所懷的是一善一凶的兩位老師。〈魯迅作品虛與實〉同時寫到周樹人、周作人兄弟，卻又近乎「雙傳」。至於〈葉紹鈞〉、〈姜亮夫〉及其〈回響〉與〈回響之餘〉，〈布衣一生責字責文〉寫瑞安老儒池雲珊，〈林語堂的中文程度〉涉及林語堂，以及〈我與《人間世》〉寫到作者自己，就有點像「單傳」了。在這些人物傳記中，亦莊亦諧地道出了許多鮮為人知的文人學者們的趣事。

挑聳動耀眼些的來說吧！作者繆先生在上海四馬路逛舊書店，見到扉頁蓋有「西諦之章」的鄭振鐸藏書，驚訝地詢問店員，知道鄭曾用重複的書換取海內孤本元曲鈔本，為鄭蒐求珍本的狂熱添一佳證。郁達夫上課，總是抱了一大堆的西書，放在講臺上，可是在課堂上卻從未翻過。夏丏尊留日回國，初教國文，向一位老先生請益，竟碰了一隻軟釘子。葉紹鈞和夏丏尊合寫《文心》，書寫到三分之二，葉的兒子和夏的女兒訂了婚。後來這本書就送給兒女做結婚禮物了。劉延陵曾在溫州中學教過作者的英文。上海《小說月報》的地盤是壟斷的；《人間世》卻歡迎外稿。《諷頌集》原是林語堂以英文寫成，由蔣旂譯為中文，但現在臺北印的，全變成林語堂著的了。池雲珊為作者祖父撰文親書壽屏，寫完一幅，就要休息抽口鴉片烟。超人的《延安一月》風行一時。逸菴以女性名字應《時兆月報》徵文得獎，竟有軍校學生寫信來追求。……這些妙事，充滿著文學史料的價值，作者以淡然娓語道出，就更顯得雋永，耐人尋味了。

繆先生行文，頗受蘇東坡的影響，純任自然。《湍流偶拾》中有〈偶成〉一篇，曾自言：「發自內心的，出自真情的，像一團火，一縷烟，一陣風，一場雨，……把這些移在紙上，……不拘體裁，有話就說，意盡即止。」所以在文章結構方面，並未刻意經營。但是，所謂純任自然，倒也不是東一句，西一句，其間也頗得章法可尋。像：〈粉筆灰〉以黑板上的粉筆字作線索，把許多名教授的教學情形貫串在一起。〈記憶力〉也如此，以記憶力為中心，把古今中外許多博聞强記的人物聚合在一起。因此，描寫的人物雖多，而全文卻有重心，賾然而不可亂。〈魯迅作品虛與實〉的結構，尤其令人激賞。從周作人的《知堂回想錄》道出魯迅作品的寫實處和虛構處。於是，周氏兄弟的感情是一條線，魯迅作品的虛實是另一條線。作者無意於「穿插」，順手將兩條線平行著寫來，自然形成對比映襯的效果。而結尾讚歎「魯迅的文字，外表冷雋辛辣，多反語諷刺，裡面卻洋溢著濃厚的熱情；又善於運用豐富的雅俗詞彙，具有無限的魅力。」並推崇《知堂回想錄》「也是一本迷人的書，裡面有許多資料，對於想了解魯迅的作品頗有用處。」仍作雙收。至於寫葉紹鈞，先由報載葉氏故世，然後回憶葉氏一生，屬追溯插入法。寫林語堂，則開門見山，緊扣住他的中文程度說。倒也隨篇而有所不同。暗含章法而不為章法所拘，可說是繆先生《耳聞眼見散記》另一項特色。

從這些散記中，也可窺見作者宅心之仁厚，學殖的淵博，和見解的進步。對前輩文人學者，繆先生總是以了解之同情加以維護。例如錢杏邨攻擊魯迅說：「魯迅沒有出路了，他已經由吶喊到了彷徨。」繆先生就據《彷徨》扉頁上引〈離騷〉句子：「吾將上下而求索」，以為《彷徨》並非純粹消極的，含有「任重道遠」的意味。關於魯迅跟周作人失和，繆先生也據魯迅給曹聚仁的信曾為乃弟辯護，以及作人在《知堂回想錄》對魯迅念念不忘，舉此二例，為之澄清。於林語堂的散文，繆先生更認為：內容精彩，氣勢奔放，筆鋒常帶感情；而文白相雜，其意無不達。林語堂英譯《浮生六記》，有人說：「林語堂的中文程度不過如此。」繆先生由於教美國留華研究生讀《浮生六記》，曾參考林譯，逐句核對，以為林譯「確是十分出色」。並且肯定「林氏的古書的基礎是超過一般的水準的。」對姜亮夫在楚辭學、敦煌學、聲韻學的成就，更推崇備至。並一再為臺灣翻印姜著未付版稅的事抱不平，希望出版業諸君能夠自律，尊重作者以及他們的心血結晶，付給他們應得的版稅。至於良師對學生一生影響之大，迂夫子之可憐可笑，建議用幻燈、錄影帶等取代粉筆黑板……等等意見，都可以看出繆先生是位隨著時代不停前進著的學者。

繆先生第一篇作品，是在林語堂主編的《人間世》上刊出的，時間在民國二十四年。《人間世》強調「娓語筆調」，「使談情說理敘事紀實皆足以當之。其目標仍是使人『開卷有益，掩卷有味』八個大字。」這個宗旨，對繆先生似有一定程度的影響。當時知堂周作人的文章在《人間世》是「特載」的。繆先生受其影響似乎尤深。近半世紀來，繆先生孜孜不倦作學術研究之餘，仍不忘小品文的寫作，先後已出版三本小品文集：《寒花墜露》、《雨窗下的書》、《湍流偶拾》。現在又正在寫《耳聞眼見散記》。《雨窗下的書》使人想起周作人的別號：苦雨、苦雨翁、苦雨老人。這見得兩人愛雨的趣味相同。《耳聞眼見散記》的風格也與周作人的《知堂回想錄》略似。兩人的文字，在清淡中卻都有一種悠長純厚的風味。因此我就用《人間世》所標示的「開卷有益，掩卷有味」作為本文的副標題，也以這八個大字為本文結。

【目次】

桑樹陰下小品

斗室外面是一株桑樹，綠陰遮蔽，幽趣盎然。下面幾篇小文，都是我坐在這綠窗之下寫成的，因取來作為總題。

●日記

寫日記的好處不少：是能夠常常提起筆來寫，使文字更容易達意；每天檢討自己，不致跟生活脫節；對往事有線索可查，不會遺忘殆盡，於寫作某些文章時大有幫助；……而在我呢，寫日記又給了我莫大的慰藉。當內心充滿著憤懣不平的情緒時，我可以在日記裡嘮叨不休，發洩一下，而不會招別人厭煩。

在這個電話暢通的時代，書信已經褪色減容，我近來很少收到親友寄來的信，每天投進信箱裡的多是那些惹人討厭的廣告印刷品，把小小的信箱堵塞滿了。而且你再也難找到一個願意看寫滿好幾張信紙娓娓而談的長信的人了。

寫日記最好是在深夜或清早，這樣，一天的事情記得清清楚楚，否則，容易遺漏錯亂。如果因為忙不過來，數天補記一次，往往會草率了事，成了無聊的「流水賬」。

私人的日記既然不打算發表或公開，因而文字方面也就容易流於漫不經心，甚至於誤字、漏字連篇，不通之處，也懶得加以潤改，日積月累下去，難免成了習慣。這是亂塗日記的後遺症。這樣的日記留下來，等於積了一堆終將遭人廢棄的垃圾。

或者因為生活太平淡了，使得日記的內容千篇一律。所以你也得改變一下日常的生活：看一些新書，交一些新朋友，到一些新地方遊覽，甚至換一種新工作，新環境……但是，如果記的是感想之類，那就何妨海闊天空，荒唐虛妄，而無所不可了。

・阿里山日出

一下阿里山的火車，我跟著人群向觀日樓跑去。日出的時間牌示上是五點二十分，現在只差幾分鐘了。

圓月在背後天邊，該是農曆十六吧。觀日樓有上下兩座，我跑到下面的那座前方就擠在人叢中站定了。背向月亮，我朝東方的天際注視。

「上來了！上來了！」這喊聲使我興奮起來。

前面一帶低山岡上，現出一派亮光。我跕著腳站在那裡，抖擻著精神。一會兒，淺紅色的圓球露出一邊，遲疑著，盤旋著……少吐復吞。似乎白天的誕生是非常艱鉅的任務，不能草率。但它終於一躍上來了，深紅色的火球，漸漸變成了淡白色的圓球，並不刺眼，旁邊鑲著一個光環，金光萬丈，燦爛無比。在黎明的微寒空氣中，我的臉上頓時感覺到它的光芒的溫暖了。隨後，它慢慢升上來了，更明亮溫暾了，使我眨眼，不敢再注視了。

大家都覺得鬆了一口氣。

這是我第三次上阿里山：第一次遇到寒雨，第二次又值暴風雨，坍方，這次總算看成了。

「我來了兩次，這次可看到了。」旁邊一個青年人說。

阿里山的日出光景，跟海濱日出比，迥然不同，在我的印象中，更奇偉、燦爛，名不虛傳。

「也許登上泰山觀日出，會更偉大吧？」下山的時候，我心裡想。

●步行的苦樂

小孩子會走路了，以後卻不肯走。鬧著要人抱，要坐車子。有一次，我帶著一個嬌女孩兒從陽明山公園出來，她一直喊腳痠，然而攔不到計程車，我和老董只好輪流抱著她走。她覺得走路是苦事。

我在患腳痛的時候，早上出去散步，看見人家在我的前面，舉步如飛，使我羨慕不置，我這時才體會到健步徒行是人生的樂事。

戰國時，齊國的處士顏斶，說了兩句名言：「晚食以當肉，安步以當車。」可見步行的苦樂，乃是隨著人們不同的觀點而有差異。

老杜於唐代宗大曆元年（七六六）在雲安（雲陽），有〈客居〉詩說：「臥愁病腳廢，徐步視小園。」他去年自渝州（重慶）乘船東下，到了雲安，因為一路上感受風寒濕氣，腳部痲痹，只得在那裡暫住休養。他怕躺著太久了，會成殘廢，所以硬要起來，在小園裡慢慢地走著，一邊欣賞園裡的春色。

在雲安住了半年，夏天又到夔州（奉節），寓居在西閣。這是一座高樓，前臨大江，後倚山崖，憑高遠望，夔州的山水風物一覽無遺。到了冬天，下午，他在西閣曬太陽，有〈西閣曝日〉詩：「敧傾煩注眼，容易收病腳。」曬著太陽，暖氣流暢於腳部，他走路忽然輕便多了。

我想像著詩人當年病腳的情形，他能把自己的病苦與感受美妙地寫入他的詩篇裡，眞是難得。他把自己的苦懷從詩中得到了紓解。

我又想起：詩人陶淵明也有腳疾，走路不方便，他常坐在籃輿裡，叫兒子和門生抬著。……清朝的學者戴東原，晚年有一封信寫給段玉裁，說：「僕足疾已踰一載，不能出戶。」……也是苦於行動不便。

啊，這些詩人文人，患腳疾怎麼這樣多呢？

・遠路

我覺得前面彷彿是一條走不完的路，崎嶇，陡峭，又有坍方，旁臨深谷。我帶著興奮與焦慮的心情，一直往前走，像是非趕完這段漫長的路程不可似的。我是一個暫時的過客，孤孤單單的。沿途的景色很陌生，但卻是非常奇麗的。然而一切都在縹緲朦朧之中：清泉、岩石、竹林、屋舍、小橋、田疇……都可望而不可即。說實話，我這時候也沒有閒情去欣賞這些。心裡懷著一個高超的理想……高不可攀的理想。

我提起腳步，向前沉重地踏過去，不停地，不懈地。我深怕耽誤了路程，或者迷了路。我的心裡只有一個念頭：快快走完這段路。至於爲什麼要趕路？這目的地到底是什麼地方？我似乎又有點茫然。……

我覺得口很渴，但我不想在路旁停下來，走向泉水旁喝口清涼的水來解渴，因爲日輪不住地向西馳去，我只怕日子太短了。雖然日行之後，還有夜征，而夜征更辛苦了。而且旋風就要迎面吹刮來，蝄蝀已在天際出現了，濃霧沉沉地瀰漫著山與谷，還有暴雨、山洪，將夾雜著雷聲和閃電，洶洶隆隆，排山倒海而來。……使得旅人驚心喪膽。

我急急忙忙地繼續向前趲行，突然腳步一不穩，向旁邊的深谷掉了下去……我的身體飛快地向下掉，一下子我的腳沉重地碰到床板……忽然驚醒了，我睡在床上。

「日有所思，夜有所夢。」乍醒中，我的耳邊清晰地響著這兩句老話。

枯桑窗下小品

●枯桑

院子裡有許多樹，這株桑樹直對著我的書房的窗口，綠葉沃若，增加了房裡不少的幽趣。再過去，東邊靠牆，有一株蓮霧，枝葉繁茂，夏天人在屋裡感覺格外涼快。——這以前是一株芭樂，後來芭樂被颱風刮倒了才改種蓮霧的。

好景不常！去年夏天我叫工人來剪樹，因爲桑樹的粗枝大葉拂著屋簷，怕颱風來襲的時候掠壞屋瓦，那工人竟把桑樹剪得光光的，他說：「它不久又會長出新枝來的。」果然沒多久，它長出了細長的枝條，比巴掌還大的嫩綠的新葉來。不料夜裡一陣疾風暴雨，第二天一早起來看，新長的桑樹枝葉已被折斷，掉落在地上，細長的枝條載不住闊大的葉子。我走近桑樹細看，原來樹幹上生了許多蟲。唉，眞可惡，這些害蟲！

一天天過去，這株桑樹越來越顯得憔悴、枯槁，只剩下枯條老幹，沒有一點兒生意，也不再有小孩子來敲門採桑葉了。……到後來連剩下的那些枝條也脫落了，只留著粗糙褐色的笨拙枯幹。從窗口望出去，卻比以前空曠多了，可以眺望蔚藍的天空，或者陰沉的雨天的景象。

東牆的那株蓮霧，仍舊垂覆著滿樹濃陰。夏天到來，它結滿了果實，可是大部分還未成熟，上個月一連幾天大雷雨，掉落了滿地。這些掉下來的蓮霧，有的被蟲吃了的，有的沾了泥，髒了，都沒人要吃，使得管理這房子的人，在風雨平息後不得不忙著打掃收拾，一面還不住地抱怨：「樹多累人。……」

我以前曾經寫過〈桑樹陰下小品〉，這回再寫這類的短文，可不能仍沿舊稱，只好改爲〈枯桑窗下小品〉了。

●海外的天空

望著窗外的藍天，使我想起美國西部的天空。

從舊金山到休士頓，我搭乘美國大陸航空公司的飛機去的。這家公司的飛機比較小型，窗口特別多，恰好我的坐位在窗口，外面的天空、雲影、景物，眞是一覽無餘。

……飛機在跑道加速，隨即離開跑道，機身突然傾斜著向上升，田野、房屋、河流、山岡都歪斜了，這時候我感覺到自己已離開了大地，己身變得更渺小、輕飄……甚至開始懷疑自己的存在。

太陽正要漸漸向西邊下去，飛機向南飛，向德州方面飛。現在飛機已升上高空，三萬多尺，四萬尺。……下面有團團的白雲，聚散飄忽，不停地在變化。光禿禿的山岡及峽谷，呈赤褐色。間有綠色的方格子，好像棋枰似的，想是種植著什麼作物的田地。

我在想像裡馳騁：遙想當年那些西部英雄，騎著一匹跳躍不羈的馬，在荒山原野間奔馳，（當然，是受了西部電影的影響。）想不到許多年後，我竟在空中下瞰這些當年英雄們曾經躍馬搏鬥過的崎嶇的崇山峽谷。……

下面的白雲變暗，變黑，時時現出閃光，大概是下界某地方正在下雷雨吧。……可是聽不到雷聲。

這天是八月六日，快到八點鐘了，太陽還未落下地平線。大地上山石河川，在明暗光影中，顯出瞬息萬變的奇觀。隨後，漸漸地暗下去。……忽然又露出一片亮光，是經過一個市鎮，這是市鎮上的燈光。

最後，機身漸漸向下降，現出一片燦爛的燈海，車輛慢慢地在地面蠕動，……休士頓到了。此時休士頓的時間已經是十一點了。

●休士頓的清晨

天還不大亮，輕微的晨風帶著一股暖氣，使人覺得身在南方。抬頭，月亮稍微偏斜著，不十分圓的月亮正要漸漸地變缺了。我不知道這是陰曆哪一天，但我知道當月亮再圓的時候，就是中秋節了。在美國，月亮升落的時間跟方位，都和臺北有點不同，常使我迷惑。

馬路兩旁，屋舍周圍都是高大的樹木，有杉木、松樹……還有我不知名的樹。松鼠在草地上、樹上攀援跳躍，看見人來也不大怕。路旁積著一些枯黃的松針，似乎多日沒有打掃了；可是路面上很乾淨，絕對沒人亂丟垃圾。屋前的草地，都修剪得整整齊齊的。報紙很早就送來了，用塑膠袋套著，丟在每家門前的草坪上，主人起來，會自己拿進去的。

從石子溪道向右走數十步，再右轉彎沿著一條馬路向北走，通過幾個十字路口。這些路的名稱我都忘了，只有一條路叫做「松樹岩」，頗有詩意，給我的印象最深。車輛到十字路口，總要停一下，所以過馬路倒很安全；但是有的馬路車輛往來較多的，（你得知道，休士頓的馬路根本沒有人行道），就不可以散步了。

對面來了慢跑的人，赤膊，向我點點頭，說：「早！」我也回報他一句。這兒南方人比較保守，多禮貌。早上碰到散步或慢跑的人，都會向我打招呼，有的還會加一聲：「Sir!」小學生也是一樣的。

有一天清早，五點多就出門，天還烏黑，馬路上寂然沒人，沒車。空中閃著疏星，空氣涼爽中帶著溫暖。我沿著同樣的路線走，一直走到一個小學的操場附近，那裡豎著「車輛慢行」的牌子。再過去，前面的馬路很闊，車輛往來非常多，我平常走到那裡，就停止了。路上看到一隻貓，似乎無處歸宿，在路邊徬徨。休士頓仍在沉睡中，還未醒來。

回來的路上，才碰到早跑的人。後來，碰到一頭狗，又大又兇，低聲咆哮著，向我逼近，我有點怕，可是又不敢跑，只得先向主人打招呼，他回我一聲「早」，又呼喚狗一聲，那頭狗立刻跑回去了。

又有一次，散步回來的時候，看見路邊一個人家，前面院子裡的樹上、屋上，都掛滿了白紙條，玻璃窗上也有白紙條貼著。這家的房子很寬敞，大門前還掛著一條白布橫幅，上面寫著什麼字，已經被風撕破了，辨認不出來。……我猜想，這家可能有喪事。

回家問小珮琪，才知道我的推測完全錯了。她說：「有人喜歡這一家人，為了表示對他們的親善，所以把他們家的樹上、屋上掛滿白紙條。」

這眞是這兒奇異而有趣的風俗。

蜂鳥・州花

平時我喜歡坐在他們家的廚房裡的餐桌旁看報、寫信或寫日記，沒事做，就隨便看看玻璃窗外院子裡的景物。大門前有一株大樸樹，樹幹很粗，一塊樹皮已經剝落。我散步回來，這株樹是一個最明顯的標誌。院子裡有一株梨樹，還有好像是紫薇花，它是從鄰家的牆頭斜掠過來的。

一個午後，下過一陣雨，空氣濕潤清涼。窗外有小鳥在樹枝間飛躍。

「看，快來看啊！」仲繇忽然叫我們趕快看。「這是 Hummingbird，中文譯名叫做『蜂鳥』。這種鳥，眞好看，據說是極罕見的。」

我朝窗外望，看見一隻小鳥，身體瘦長，比黃蜂大，翅膀好像蜻蜓的翼，透明的，振動時很快速，因爲隔著玻璃窗，聽不見是否發出聲音來。牠在花叢和帶著水珠的枝葉間飛，顏色淡黃而明亮，非常美。牠使我著迷。我看見牠兩次，以後就沒機會看到了。

除了蜂鳥外，我還看見一種紅色的小鳥，不知道叫什麼名稱。休士頓多樹，奇異的鳥類眞不少呢。

在我將要回臺北的前一天，恰好是星期天，下午三點，仲繇開車帶我們到郊外。車子往休士頓西北部開去，大約開了兩個多鐘頭。這裡是一大片平原，沒有山，也沒有河，只有湖泊。原野上遍種牧草，有幾處有牛在放牧，大概是很大的農場。三、四月的休士頓，並不熱，早晚倒很涼爽，不像臺北那樣潮濕多雨。

馬路邊，草坪上，田野間，處處可以看到一大片一大片藍色細小的野花，被周圍如茵的碧草映襯著，更顯得鮮明妍媚。據說這是德州的「州花」，遠近聞名的。

站在長滿州花的草坡上，仲繇要替我們拍照，不料拿出照相機，才發覺底片已經用完了，忘了裝新的膠捲，也只好作罷。

後來他開車穿過一個茂密的森林，森林盡頭是一個水波浩渺的湖，那裡很幽靜。心漪告訴我說：「我們已經在這兒買下一塊地，將來想臨湖建造一所別墅，這是個可以度假、釣魚，使身心鬆弛的好地方。」

回到市區已經八點多了。……離別前，休士頓在我的記憶裡留下值得回味的印象。

我與日記

近年來，我愛寫日記，也更加愛讀名流、文人的日記。

吳稚老在民國二年，四十九歲時，八月九日的日記上寫著：

「吾生已歷四十八周歲又五閱月。自二十歲至今，曾繼續為日記，或詳或略，無甚間斷。」

我之比他，眞是小巫見大巫，自愧不如。我寫日記呢，時斷時續，常是寥寥幾行，如果好幾天沒記，補記起來，一天只記一行甚至一句也是常有的。

不過從民國三十六年到現在，斷斷續續，不知不覺也寫了許多本，儘管這些日記記得如此草率，對我自己來說，也還是有點用處的。如查遺忘的事：哪一天理髮？哪一天接到誰的信？哪一天寄給誰信？有甚麼朋友曾來訪？……寫起文章來，有時候更有用：看著簡簡單單的幾句記載，就會想起許多繁細的情事或景象來。有一回一個朋友問我：「你寫往事寫得那麼詳細，我想不會全是眞實的吧？你哪裡能記得那麼多呢？」其實我憑著我的日記，眞實性是不須懷疑的。當然想像和潤飾也不能少，那是文章的花葉。

有人以寫文章消磨時間，我卻以寫日記驅遣寂寞。日記跟書信又不同：寫信須有對象，對什麼人說什麼話；話又須有顧忌，不小心就要得罪了收信人；又怕寫得太囉唆，太潦草，會使得收信人皺眉頭；信寄出去了，又怕遭洪喬之誤，或盼不到覆信，如石沉大海。寫日記可就沒有這些麻煩了。它本來只是供自己看（預備發表的日記多少帶點做作），供自己查考，因此可以說寫日記時的態度是赤裸裸的，坦白的，毫無顧忌的。你可以反省，自責，發牢騷，罵人，自怨自艾，或者沾沾自喜，揚揚自得。假如你覺得無聊，或怨憤不平，我勸你不妨寫寫日記看，寫了必定會使你的心情寬慰不少。

吳稚老不但自己喜歡寫日記，也勸別人寫日記。他在家書中規定他的兒子必須詳細寫日記，寫好了還要寄給他看，否則就不寄洋錢給他用。我覺得寫日記應該出於自動的才好，如果硬性地規定，像現在中、小學的學生每週須交週記或日記之類，多會潦草塞責，我很懷疑這辦法對青年有多少的功效。

日記雖然可以隨便寫，沒有什麼一定的體裁，但是日常瑣碎的事，能寫得清晰而有味，眞實而動人，可眞不容易。所以我碰到文筆佳妙的文人的日記，總想找來看看。可惜這樣的機會並不太多。知堂老人對這些資料搜集極勤，如楊大瓢日記，他是從楊氏的後代借得抄錄的，這是楊大瓢（名賓）的手稿，封面上題著《楊子日記》，僅七十八葉。事情雖多瑣屑，但是有關他和當時著名的文人方苞（靈皋），戴名世（田有），潘耒（次耕）等交往的記事，也很有意思。現在錄康熙四十六年（在《南山集》文字獄之前）六月間一則日記於後：

「十二日，張安谷、方靈皐來，靈皐贈我秋石二餅。」

……

「秋石」究竟是什麼呢？據《本草綱目》卷五十二說：方士以人中白（童男女小便）煉成秋石，乃是壯陽之藥物。方靈皐投贈之意不知何在，不過寥寥數語，已經透露出名士文人生活的另一面，這就是日記令人欣賞的地方，而在其他文章上所不易看到的。

除《曾文正公日記》外，清代的日記，我曾看到三大部頭：《越縵堂日記》《翁同龢日記》《湘綺樓日記》。前兩部價錢昂貴，我都是借了來看，《湘綺樓日記》是縮印本，價不貴，所以買了來，但因爲字太小，很費目力，看不了多少就擱下來了。這幾天閒著沒書看，又拿來翻翻，靜心看下去，不覺迷上了。《湘綺樓日記》的作者是王闓運（一八三二—一九一六），字壬秋，號湘綺，湖南湘潭人。歷長成都尊經書院、長沙思賢講舍、衡州船山書院。民國二年，任國史館館長。他有名士文人的脾氣，但胸襟爽朗，通達人情。茲略引光緒十六年九月間的日記於下：

「廿一日，晴，燥甚。終日麪食。余生平無伐檀絶糧之事，唯以人病厄死喪為我禍罰。……

廿二日，曉未起，輿兒來云：母請余往。入室則無言，心知別矣，無可奈何。日間未變證，猶以為可延數日。夕稍寐，覺不安。輿至云：『病革矣！』往視已絶。兒女痛哭，余不能哭，乾濾而已。終夜皇繞以報之，元微之所云『唯將開眼，報未展眉』也。」

上面兩節記他的太太病危死時憂傷惶遽的情景，很是眞切。這一年他已經五十九歲了。他的太太死後，過了半個多月，避到一個山莊裡去隱居，過他的寂寞寡歡的生活：

「十月廿三日，陰。獨居多臥，寒日甚長。晚得紙，鈔譜一葉。夜雨。」

「廿四日，雨竟日。鈔譜稾一葉。炭發不燃，至午猶不得炊。族子代順來，待飯雨時許，乃喫四盌而去，樸農也。鈔譜稾又一葉。知山中日甚長。」

「十一月十二日，晨陰，朝雨。……夕食後遂夜。匠工俱去，閉戶獨居。大風撼窗。俄而雨霽，開門視之，月出，照地有影，林木如畫。」

這些信手寫來的文字，將山居清麗孤寂淒涼的境況，鮮明地勾勒出來，令人玩味不盡。《湘綺樓日記》原稿共計三十二册，這部日記，無論在文學或史料方面，都很有價值。我甚希望有人將它整理一下，加以正確不誤的標點，使得一般的讀者能夠欣賞。古書難懂，我相信沒有好好地整理標點，當是原因之一。

我看魯迅日記

我喜歡看名家的日記和書信。大部的日記，如《越縵堂日記》《翁同龢日記》《湘綺樓日記》，先後翻閱了好幾部。除了《湘綺樓日記》外，前兩種都沒有全部看完。李蒓客的日記，文采絢爛，記傷感坎坷的情事，頗能感人。可惜分量太多，三十多年的日記，有五六十册，我是向朋友借來的，時間不能太久，所以沒有看完就還他，但也已看了三分之二多了。王湘綺的日記，文字雅麗，靜心看下去，不覺被迷上了，總算整部看完。翁松禪的日記，開頭還好，到後來興趣漸減。還有《曾文正公日記》，太「一本正經」了，我只挑選了來看。

忘記了在哪篇文章裡，魯迅提到李蒓客的《越縵堂日記》，笑他是預備寫了給人家看的（生前似乎有一部分給人傳閱過）；又說自己寫日記，不過是記些日常的瑣事，如書信收寄，銀錢出入，朋友往來等等，以備日後自己查考而已。這回買了一部谷風版的《魯迅全集》，目的是要看一看他的日記。日記有精裝兩大本，從民國元年開始，到民國二十五年止，原稿共有二十五冊。其中第十一冊（一九二二年）因手稿失落殘缺，而以許壽裳抄錄的片段補入，列爲附錄。

翻開日記首頁看下去，所記的果然不多，每天通常是兩三行，或僅一行。有幾天除了記天氣外，只寫著「無事」兩字。偶然也有寫著「失記」兩個字的。

「厚厚的兩大本日記，看起來會不會沉悶乏味呢？……」我打開他的日記，心裡自己問著。

可是我一頁一頁地看下去，竟像他的其他的文字一樣，帶有一種魅力，引起了我很大的興趣。有時候，又拿曹聚仁的《魯迅年譜》或《知堂回想錄》來查閱，更可以得到一些資料印證。於是我一邊看日記，一邊把我看時所感觸到的寫了下來。

●消磨長夜

魯迅於民國元年（一九一二）應總長蔡元培的邀請，任教育部的部員，那時他三十二歲。五月間教育部隨政府遷移北京，他乘輪船北上，到了天津。日記就從元年五月五日開始：

「五日　上午十一時舟抵天津。下午三時半車發，途中彌望黄土，間有草木，無可覩覽。約七時抵北京，宿長發店。夜至山會邑館訪許銘伯先生。」

「六日　上午移入山會邑館。坐騾車赴教育部，卽歸。寄二弟信。夜臥未半小時卽見蜰蟲三四十，乃臥桌上以避之。」

他在日記裡喜歡用古字，如「蜰蟲」，就是臭蟲。他在日本時候，曾和錢玄同、周作人等從章太炎先生學《說文解字》，受了他的影響，因此他初期的文章風格有點古雅譎怪。提起臭蟲，這是從前旅館、公共宿舍等處無法滅絕的極討厭的東西。我自己在上海的時候，也吃過牠的苦頭。卽使你用臭蟲藥粉灑在床腳，牠們仍然沿著天花板成群地掉到你的床鋪上來的。

他每天下午從教育部下班，或星期日，常要到琉璃廠一帶的舊書店去逛。他買了許多古碑拓本，雜書，佛經，特別愛那些非正統的僻書。此外還買了些日文、德文等書籍。日記裡記著不少關於買書的事：

「（元年）五月十二日　星期休息。……下午與季茀、詩荃、協和至琉璃廠，歷觀古書肆，購傅氏《纂喜廬叢書》一部七本，五元八角。」

「（二年）正月十八日　午後往留黎廠書肆，見寄售敦煌石室所出唐人寫經四卷，墨色如新，紙亦不甚渝敝，殆是羅叔蘊輩從學部竊出者。每卷索五十金，看畢還之。購《功順堂叢書》一部二十四本，四元，書不甚佳，而內有《西清筆記》《涇林雜記》《廣陽雜記》等可讀。」

在日記每年末尾，開列一項「書帳」，登記所買的和贈送的書并買書所花的錢細總數目。元年的「書帳」後面，他還寫了附記，說：

「審自五月至年末，凡八月間而購書百六十餘元，然無善本。京師視古籍為骨董，唯大力者能致之耳。今人處世不必讀書，而我輩復無購書之力，尚復月擲二十餘金，收拾破書數册以自怡悅，亦可笑嘆人也。」

他不斷地買書買碑本，主要的目的是在消磨長夜。因爲他平常總要到半夜以後才睡，早晨起來也很晚。他看碑本，抄錄古書，校書，有時也裝訂破舊的書。……漫漫的長夜裡他不會覺得無聊。

●避袁派耳目

另外還有一個原因。那時候袁世凱準備稱帝，京師裡的官員都受到監視。魯迅原是由蔡元培邀來的，而蔡是同盟會的革命黨人，當時已經辭去教育總長，到歐洲考察去了。聽說，官員中只要有嗜好的，如喜歡嫖賭蓄妾，或者玩古董書畫，特務們對這些人多少可以放心些。譬如蔡松坡之於小鳳仙，就是逃避耳目的烟幕。曹聚仁的《魯迅年譜・六》引周作人說：

「教育部裡的一班朋友，……他們打馬將總是在行的，那麼，即此也可以及格了。魯迅却連『挖花』都不會，只好假裝玩玩古董。他又買不起金石品，便限於紙片，收集些石刻拓本來看。……」魯迅自己也說：

「許多年，我便寓在這屋裡鈔古碑。客中少有人來，古碑中也遇不到什麼問題和主義，而我的生命却居然暗暗的消去了，這也就是我惟一的願望。」（《吶喊》自序）

在這時期，他輯印《會稽郡故書雜集》，以周作人的名字出版。校勘《嵇康集》，刻印《百喻經》，抄錄《古小說鈎沈》、《唐宋傳奇集》等。

●不見訪客

人家都說魯迅的脾氣不好，其實他對年輕的人倒是很和善的。《小小十年》的作者葉永蓁曾對我說：「林語堂住在上海法租界霞飛路一棟樓房裡，我去看他，門禁很嚴。樓下有一個僕人，用著嚴厲的眼光把我全身上下掃射一周，你知道我穿的衣服破舊不堪，差一點兒過不了關，……終於帶著遲疑的態度給我通報進去了。」魯迅可沒有這樣大的架子。他往來的朋友不少，信件尤其多。但是，他的日記中常有記著不見來客的事：

「十二月二十四日　林庚白來，不見。」（十八年）

「二十六日　晚，林庚白來信漫罵。」（同上）

林庚白，原名衡學，以字行，福建閩侯人。詩人，南社社員。著有《庚白詩存》。他不知因何而往訪魯迅，魯迅未接見他，他隨卽寫信去大肆漫罵。魯迅竟置之不理。魯迅是不喜歡某一類的詩人的，如詩哲徐志摩。他在《集外集》序言裡說：「我更不喜歡徐志摩那樣的詩，而他偏愛到各處投稿，《語絲》一出版，他也就來了，有人贊成他，登了出來，我就做了一篇雜感，和他開一通玩笑。……」這篇雜感題目叫做〈「音樂」？〉，後來收在《集外集》裡。他不見林某，可能因爲他是某類「詩人」。

李蒓客在《越縵堂日記》中也常有不見客的記事，他對這些人大抵是憎惡、鄙視，所以不見他們。魯迅的情形，卻不盡相同。如徐詩荃，湖南長沙人，復旦大學的學生，後來留學德國。魯迅曾託他在德國購書刊木刻，介紹他的稿件給報刊發表，和書店出版。他跟魯迅往來甚密。偶然因爲事冗，「詩荃來，不之見。」（日記廿四年一月三十日）至於時有恒、孫席珍等，都是屬於「作家」之流，他們或者常去找他，打擾他，因此不見他們。（分別見十七年九月一日、十二月八日；……十八年四月十六、廿八。……）我從前在宿舍裡改文卷，窘迫得手足無措。壁間貼著一張字條，說：「朋友，改文卷忙，恕不接談。」可是熟朋友來，視若無睹，在籐椅上一屁股坐下來，老不肯走。所以我對魯迅的苦情是極表同情的。

勤於動筆

魯迅這枝筆是聞名挺利害的，動筆的勤奮，也不是一般人所能比擬。他平常使用的都是毛筆，不用鋼筆，據他自己說是用慣了的緣故。他的毛筆字也寫得很好，圓潤多姿。常有人求他寫字，尤其是日本的朋友。他不但喜歡美術，也愛欣賞書法，搜集了許多碑帖，在日記裡還提到他訂購了一大部的《書道全集》。

他每天往來的信件確實不少，幾乎有信必覆，而且有的「卽覆」，很少不覆的。偶或他接到一封拂意的信，日記上就說：「得某某信，大謬。」全集中收集他的書信共一三三三封，《兩地書》、《集外集拾遺》和致外國人士的信都不計算在內。此外散失的書信無法統計，數量想必不少。我看一般文人，發表出來的文字或許很不錯，可是平時的通信，常不大通順，甚至別字屢見。而魯迅的書信，雖然是日常的瑣事，經他寫來，也會情趣盎然；至於文字的流暢，更不必說了。

他一天動筆的時間非常之多，除寫信、日記外，抄錄古碑，校勘非正統的古書，翻譯，寫稿：隨感、雜文、散文詩、小說、論文，……各體都有。百忙中還抽空替青年作家修改文稿。他寫稿多半在深夜，所以寫作在他，有一點也是爲了消磨長夜。但是後期他居住在上海以後，爲了生活他不得不多多譯作了。偶然也有爲趕寫一篇稿子，或編完定期的刊物，而通夜未睡的。

他的文思是敏捷的，觀察世相又深刻入微。可是看他的原稿，也還是經過塗改潤飾的。關於創作小說的情形，日記中偶有透露著：

「三月十日　晴。錄文稿一篇訖，約四千餘字。寄高一涵並函，由二弟持去。夜風。」（八年）

「四月二十五日　晴，風。……夜成小說一篇，約六千字，抄訖。」（同年）

前一篇稿是短篇小說〈孔乙己〉，曾在《新青年》上發表。據初發表時作者的附記，這篇小說寫於七年多天，後經修改，所以抄錄一遍。高一涵是《新青年》的編者之一。這篇小說，作者自已很喜歡，是描寫一般社會上的人對苦人的涼薄。他同情苦人，而不滿於社會。後一篇是〈藥〉。這篇小說裡面含有許多隱喩。小說裡被殺頭的青年夏瑜，實際是隱指秋瑾。魯迅在日本的時候曾認識她。後來秋瑾被捕，只留下「秋風秋雨愁殺人」的口供，在紹興城內丁字街口被殺，小說裡的「古□亭口」就明顯地暗示她行刑的地點。魯迅在革命成功後八年，作這篇小說來紀念她。夏、秋，是連接的季節，瑾、瑜，都是美玉，《楚辭・九章・懷沙》有「懷瑾握瑜」句，讀者可以從青年夏瑜聯想到秋瑾。作者在《吶喊》自序上提到他往往用「曲筆」。華夏，指中國，又是兩姓。華老栓父子代表守舊病態的中國人，夏瑜代表革新的革命志士。這些隱喻的寫法，冷峭的諷刺，我想多少是受了《離騷》和《儒林外史》的影響的緣故。

烟酒・電影

魯迅曾經對人說：只有抽烟，他要戒也戒不了，香烟和他是離不開啦。對於酒，他喜歡喝，但是酒量不好，多喝一點就要醉。喝了酒可以使他睡得好一點，所以有朋友招飲，辭而不赴的不多。

「一月二十六日　曇。午達夫招飲於陶東春，與廣平同往。同席前田河、秋田、金子及其夫人、語堂及其夫人、達夫、王映霞，共十人。」（十八年）

他跟林語堂本來交情很好，後來爲了北新書局版稅的事，兩人失和了。

「八月二十八日 ……同赴南雲樓晚餐，席上又有楊騷、語堂及其夫人、衣萍、曙天。席將終，林語堂語含諷刺，直斥之，亦爭持，鄙相悉現。」（同年）

他也喜歡啜茗。在北京，常到青雲閣、十剎海；在上海，則在新亞茶室，吃點心，喝茶，談天。我聽朋友說：他到北四川路內山書店去看書，有時候看見魯迅在店後面的小房間裡坐著，翻閱著新出的書或雜誌，桌上擺著茶點招待他。老闆內山完造對魯迅是很尊敬的。他們的交往也很密切，經常有食品相饋贈。

魯迅不喜歡平劇，卻特別愛看電影。日記裡常有記著。到上海以後更常看，因爲上海的大電影院非常多。他常常和三弟建人、廣平或年輕的朋友同去。他說：（不知在哪篇裡）因爲他沒機會去遠地旅行，所以對非洲的景物野獸、南北極探險一類的片子很有興趣。卽使片子不怎麼好，也可以增廣一些知識。他也看〈人猿泰山〉〈泰山之子〉等片，自然他要看文藝片，如〈浮士德〉〈仲夏夜之夢〉……等片子。他同廣平攜海嬰到國泰戲院去看，可是〈仲夏夜之夢〉客滿，買不到票了。第二次又去，才看得成。也有碰到無聊的壞片子，不終場他就出來了。……

我這篇「流水帳」似的文字已經寫得太長了，應該趕快結束。讀者假如有興趣而且有時間的話，不妨把這部日記翻閱一下，就像到了一座寶山裡，準保你不會空手而回的。（參見圖一）

修改文稿

雖然古人有打「腹稿」的，《新唐書》上說：王勃寫文章，先睡了一會兒，起來後便「援筆成篇，不易一字」；可是要詩文做得完美無疵，我想塗抹修改常是免不掉的。

周作人在《回想錄》上說：他初在北大任教，開的課是《歐洲文學史》。每星期只要上六小時，但是須編講義。每次需要參考英文本的各國文學史、傳記、批評等書，編寫大約二十張稿紙的講義。白天他先把草稿起好，等到晚上拿給魯迅修改字句之後，再來謄清，才交給學校出版組油印。還有，他初期翻譯的小說，也多經過魯迅的修改。在這裡可以知道魯迅對於寫作的態度是極謹嚴而認眞的。

不但自己的家人，他對青年也一樣的熱心。葉永蓁寫了一部長篇小說《小小十年》，寄給魯迅看。這部小說裡有記述北伐的事情，魯迅看了，認爲它有可取之處，他竟不厭煩勞，用毛筆在鋼筆寫的原稿上改易了一些累贅的詞句、別字，……又把它介紹給春潮書局出版，並且在前面做了一篇長序。他曾經說：青年不可扼殺，也不可捧殺。

也許你想知道：魯迅到底修改不修改他自已的稿子呢？

我很有眼福，承一個朋友拿給我看一本影印放大的魯迅原稿，套色印，很精美：綠格子的稿紙，旁邊印著「文藝叢書稿紙」，格子裡寫著黑色圓潤的毛筆字，上有編者付排時作的紅筆記號。據說這個影印本當時只印了三百本，是中共送給外賓的贈品，他得自一個法國的大使。他非常愛惜這個珍本，只讓我看了十幾分鐘，就收在他的黑色的手提箱裡了。在暫短的時間裡，我只看到《朝華夕拾》和《故事新編》兩部書的手稿。可是他看我那麼喜歡這稿本，後來竟送我幾張複印的手稿。

我很奇怪，魯迅的作品，都是先在雜誌報刊上發表，然後集結成書。他的原稿，怎麼會被保存起來，而且保存得那麼好呢？……最近從大陸李霽野的文章裡透露出來，才知道是未名社的同人韋素園、李霽野等一班人，一向就喜歡魯迅的作品，所以原稿當時就被他們珍藏起來了。

他送給我的那幾頁是《朝華夕拾》後記的一部分。我閒時把他的塗抹勾改過的原稿細細察看，就更加佩服魯迅對於寫作的細心和工力。如原稿云：

「從『百行之首』的孝而拉到男女上去，彷彿也近乎不莊嚴。」自己改成：

「從說『百行之先』的孝而忽然拉到男女上去，彷彿也近乎不莊重，——澆漓。」

原稿云：

「……頂著真的活無常的稱號，大背經典，不對得很的。」

修改的稿，只將「不對」塗去，改爲「荒謬」。

以上二例，改稿很明顯的都比原稿好。

又如此文末尾：

「天熱如此，汗流浹背，是亦不可以已乎：是爲結。

一九二七年七月十日，寫訖于廣州寓樓之西窗下。」

修改作：

「天熱如此，汗流浹背，是亦不可以已乎：爰為結。

一九二七年七月十一日，寫完于廣州東堤寓樓之西窗下。」

「是爲結」改爲「爰爲結」，因爲「是」字跟上面「是亦」的「是」重複，所以換爲「爰」字。「訖」改爲「完」，較爲語體化；加「東堤」二字，我想是跟下面「西窗」相對，使文字較有意味。

其他作家，愛修改的應該不在少數。葉紹鈞（聖陶）說他如何寫小說道：「在我，寫小說是一件苦事。下筆向來是慢的，寫了一節要重複誦讀三四遍，多到十幾遍，其實也不過增減幾個字或者一兩句而已。……」（〈隨便談談我的寫小說〉）沈從文的原稿，據謝冰瑩所看到的，說是塗改得非常利害。蘇雪林的稿子，總是貼貼補補，添改不少；有時候先完成後段，再補寫前段。

至於周作人後來寫作，他自己說不喜歡修改；假如要改，不如重新寫。這大概是因爲他寫文章羨慕平淡的境界，而且以小品短篇居多。如果是長篇的小說，那情形又當不同了。

托爾斯泰寫小說，常叫他的姪女謄清他改得太亂的稿子，然後再改。有時候改到中途，忽然頓腳叫道：「我那時眞是多麼粗心大意啊！」盧騷在《懺悔錄》中提到他寫作的情形，說：「我寫書極困難。初稿之後，又須增刪，東加一句，西去一段，滿紙烟霧不能卒讀，但我的心力已大都用完。如此經過四、五次斟酌之後，纔能付印。我不能執筆伸紙就在桌上寫出，我只能在散步時，在大石岩與深林中，在我的睡床上，與不能睡時，寫在我的腦裡。人家可見我的成書遲緩，尤其是我這個人記憶書句的力量極差，在我一生極難背唸六句詩出來；每一文字寫在紙上之前，須先經過我五、六夜在腦裡思索過。……」（第三書）就因爲在心裡醞釀那麼長久，才能夠寫出像《愛彌兒》《懺悔錄》那樣的巨著來。

《紅樓夢》這部小說，據脂硯齋、畸笏叟評中所透露，是經過多次修改的，有的回目與詩，據說是後來補進去的。作者在第一回裡也說：「……于悼紅軒中披閱十載，增刪五次。」辛苦的十年心血，到作者病逝時才寫完八十回。由此可見《紅樓夢》之所以能成爲世界名著之一，決非一揮便成就的。

我又想起我曾經看過的古人原稿手跡：如王羲之的〈蘭亭序〉，想來當是有腹稿，所以只改動幾個字，用粗筆改上去的。顏魯公的〈祭姪稿〉〈爭坐位帖〉，就塗改勾入不少的字句。蘇東坡於元豐五年（一〇八二）作〈赤壁賦〉，次年應至友傅欽之（名堯俞）專人來黃州求最近的詩文，遂寫了〈赤壁賦〉送他。此墨跡現藏故宮博物院。墨跡上的字，跟南宋時刊行的《經進東坡文集》已有不同。如「渺滄海之一粟」，墨跡作「渺浮海之一粟」；「而吾與子之所共適」，墨跡作「而吾與子之所共食」。我想這些可能是作者後來自己修改的。又東坡尺牘手跡，跟文集所收的相校，也有很多刪改的地方。他自己說：他臨文時只顧信筆寫下，等到寫完後，再去翻檢書籍核對。東坡素來以筆下敏捷出名，然而他寫作時卻決不是草率的。

才氣豪放的風雲人物康有爲，上給慈禧太后乞求變法的奏章稿，曾經沈寐叟（曾植，字子培）批改過。我所看到的是有正書局印行的《南海先生遺稿》一種。康稿原文云：

「不從臣言，恐數年後四夷逼于外，亂民作於內，于時乃欲為治，豈能待我十年教訓乎？」

沈勾去「不從臣言」四字，易以「否則」，批云：「不必坐自家身上。」

又上文云：

「上有土木之工，下盛賞花之宴。」

沈則改作：

「上興土木之工，下習宴遊之樂。」

我覺得沈寐叟的批改，中肯切當，使人心折。康稿經他一改後，比原來的增勝不少了。不過，修改也有失之太過，越改越糟的。比如宋祁（子京）和歐陽修同修《唐書》，而兩人的意見不同。宋祁只求簡約古雅，喜歡改削。《舊唐書・李靖傳》云：「疾雷不及掩耳」，這本是兵家的成言，宋祁《新唐書》竟改作：「震霆不及塞耳。」試問掩耳且來不及，哪裡還有工夫去塞耳呢？眞是不通之至。「蓬生麻中，不扶自直。」這是古語（見《荀子・勸學篇》），《劉禕之傳》引用此語，他竟改爲：「蓬在麻，不扶而挺。」他專求簡略典雅，而使文意含糊不明。這眞所謂「點金成鐵」了。太好修改的人，應該自己細細檢討一下。

粉筆灰

我聽說有一位某教師，因爲怕自己的字寫不好，所以不敢在黑板上寫字，一個學期教下去，從來未在黑板上寫過一個字。學生們因此看他不起，背後笑他：「不會寫字。」意思就是說怕寫別字。後來校方知道了，下學期竟不聘請他。

沈從文在吳淞中國公學教現代文學，上課時不斷地在黑板上寫，寫，講的卻少。他的字很秀勁，學生們常拿宣紙請他寫毛筆字。我所看到的，多是兩行八個字的「章草體」。他少年時在軍隊裡當過文書，有空就練字，所以把字練得非常之好。他在黑板上寫得太多了，學生們就批評他口才不怎麼好。可見過猶不及，「板書」我想還是以適中爲佳。

梁實秋先生上「英詩」或「莎士比亞」的時候，不帶粉筆。他說：「粉筆灰我已經吃了多年，現在不想再吃了！」必要時他就用食指在黑板上畫些印子。但是他的書卻教得很好，教材非常緊湊而且精彩，偶然夾了幾句輕鬆的幽默話，引得學生們發出笑聲。大家都知道，他的北平話又很標準，說話有條有理，不在黑板上寫字，並不影響教學上的什麼不便。

郁達夫每次來上課，總是抱了一大堆的西書，放在講臺的桌子上。可是在堂上他卻從來沒有翻過這些書，也不大在黑板上寫字，講的內容倒是很充實的。趙景深的元曲課，則是「現身說法」，他不但採用說書人的語調，還來回地走動，做出戲劇中的身段姿態，常常引起哄堂大笑，以增加聽者的趣味。他自然沒空在黑板上寫字了。

李叔同（弘一法師未出家前的名字）的上課情形很特別。據他學生豐子愷的敍述（見《豐子愷文選・悼夏丏尊先生》）說：李叔同先生的教法，是以身作則，使學生衷心感動，不能自已。上課的時候，他一定先到教室，黑板上應寫的，都先寫好。用另一黑板遮住，到用時推開來。寫好之後，他端坐在講臺的椅子上，等學生們到齊。他教的是圖畫、音樂。如果學生「還琴」時彈錯了，他便舉目對那個學生一看，說：「下次再還。」他的話很少，說時總是和顏悅色的。可是學生非常敬畏他、愛慕他。夏丏尊教他們國文，常對學生們說：「李先生教圖畫、音樂，學生對圖畫、音樂看得比國文、數學等科目更重要。這是有人格作背景的緣故。」這以身作則的教法，我有時也試過，收的成效很大。

趙元任先生於民國四十八年春天在臺大講《語言問題》，一共有十六講。我曾經去臺大旁聽，從頭到尾，沒有缺過一次。他對著原稿講，一面有幾個助教在旁錄音，其中之一就是現在任中央研究院的院士丁邦新先生。遇到須得說明的例子，他也是於開講五分鐘前在黑板上抄好。每次講完後，留幾分鐘，讓聽者發問。隨後印發錄音下來的講稿給我們。

我覺得課堂上如果能利用幻燈、錄音帶或電視等，代替黑板上的寫字，既可免教師吃粉筆灰，也可節省時間，這實在是一舉兩得。這種種亟待改進之處，我相信不久在臺灣定然可以做到的。

記憶力

古人有所謂「博聞強記」「過目不忘」的，是不是誇大其詞，或者眞有其人呢？《梁書》裡說，昭明太子「讀書數行並下，過目皆憶。」昭明太子確是很聰明的，然而所說的「過目皆憶」，多少總有些誇張的意味吧。可是我所接觸或聽聞的人物之間，也未嘗沒有記憶力特強的人吶。

當我十六歲的時候，就想到上海去開開眼界，我的大哥居然讓我出去，那個時候眞是一段放任的時期。上海是一個繁華世界，幫會流氓佔據其地，非常複雜。所以不能讓我獨自去，恐怕迷失了。由於一位親戚的介紹，我到樂清白象去拜訪一個號叫空性的朋友。——朋友間都叫他的綽號「阿烏」，他也默然接受。——他給我初次的印象，是額頭高，嘴大，常張開，時露笑容。說話間夾著一段沉思，有一股吸引人的魅力。他正要到上海去，我可以跟他結件，讓他帶我到上海。

我們乘輪船到上海。我是暈船的，頭次的航行，一直到後來許多次，在我都是辛苦不堪的，自然談不到觀賞海的偉大和善變了。但在平明船靠近外灘碼頭時，一片燦爛耀眼的燈火，好像新娘子的珠冠，卻給了初出茅廬的小子一番驚異深刻的印象。

空性君帶我到法租界，把我安頓在亘潑勒斯路一群同鄉兼同學的租賃來的房子裡；他自己則暫住在附近上海藝大內的一間宿舍裡。我常到那裡看他，順便也在藝大旁聽。詩人王獨清曾在這兒任教過，他的詩熱情奔放，我很喜愛，可惜這時他已經離開了。教詩歌的有康白情，他是五四初期的詩人，著有《草兒集》。我聽過他的課，他講的以舊詩居多，引不起聽者的興趣。他是一個瘦削的平平凡凡的老頭兒，令人生見面不如聞名的感想。

一天，我偶然跟空性君談起要學德文，他說：有一個同鄉，叫陳曉初，他是留德的，假如要學的話，我們可以到陳先生那裡學，他先去接洽。隔了幾天，他對我說：接洽好了。我們都去買了德文讀本第一册，從星期一起，一同在午後五點鐘，到陳先生的寓所去。陳先生溫厚文雅，戴著一副金絲眼鏡，個子不大，對人很誠懇。

我們每天讀一課，每課好像有十個生字。空性眞了不起，每天十個生字都輕輕鬆鬆地記得了，一字也不會遺忘。甚至於一連一星期、十天，加起來是七十個到一百個生字，也都完全記得，一字不漏。至於我呢，自小自以爲記憶力不差，但對學習德文，卻覺得文法比較困難，生字只記得七八成。他那時已經三十出頭，年齡比我大一倍，我眞自愧記性遠不如他。兩個星期讀下去，我漸漸地覺得跟他不上了，學習的興趣也就銳減了。而且我那時正在努力進修英文，心想同時學習兩種外國語文容易分心，因此學了一個月，就中途而廢了。他看我突然停止，懶得獨自去，竟也不去學了。

我曾經聽人家說：空性的記憶力特別好，大學未讀完，自修英文，竟可以看懂哲學和經濟學的書，並且能夠翻譯，出版了幾本譯書。英文寫作也不錯，曾當過英文祕書。我初聽還有點不大相信，這時我才深信不疑了。

我跟他談起舊詩。他拿起一枝毛筆，默寫出許多首蘇曼殊和吳梅村的詩來，他的字有點魏碑體，大概小時對書法也下過一番功夫的吧。我問他是否格外喜歡這兩家的詩，怎麼會記得那麼多？他說：「也不過偶然翻讀他們的詩，覺得有喜歡的，在心裡思索吟味了一會，不覺就記住了，一直到現在。」

談到杜詩。他微笑著，興致不淺地說：

「陳獨秀很喜歡杜甫的詩，聽說他能夠背誦全部的杜詩，一句也不漏。……」

「這可眞不容易，你相信他眞能做得到嗎？」我最愛尋根究底。

「我想是有可能的。……記憶力特別強的人，其實是不少的。」……他張開嘴，又陷入沉思的境界了。

談到速讀問題，他不假思索地說：

「古人說，『一目十行』。恐怕不容易做到，可是一目兩行，我卻做得到。比方看報紙，或者內容明淺、不大重要的文字，我常是兩行同時看下去，然後在心裡把整段想一想，意思就明白了。」

「空性先生，你看書有沒有看不懂的地方？」我把積壓在心裡很久的問題問他。

「很多！」我的發問引起了他的話頭兒，他接著滔滔不絕地說下去：「我書越看的多，疑問也就越多了。有一回，我跟黃藥眠，他是一個翻譯家，約好合譯一部有關哲學的書，我譯上半部，他譯下半部，一年為期。一年後，我們碰面了，他問我：『書譯好了沒？』我答說：『還一字未動呢。』原因是這書第一章開頭有這樣的一句：這本書在我們的前面。但是這『前面』到底指空間呢，或是時間？我想了很久，……決定不下，因此就擱下來了。……後來還是黃藥眠他自己把上半部譯完。」

一個風和日暖的下午，我到他的寓所裡，看見他正埋頭在改一本什麼稿子。我問：「你在修改稿子？」「不，」他回答說，沒有抬頭，「我翻譯好了一部稿子，是關於經濟學方面的，卻發覺有許多頁字跡模糊，難以辨認，因爲我平時喜歡靠在籐椅上譯稿，自來水筆的墨水淡了，稀少了，也懶得添加，……現在只好再花工夫去描一下。」

從這件瑣事上，你可以看得出他另一面的懶散的性格。

自從我離開了上海之後，人海浮沉，天南地北，再也沒機會遇見他了。

大約在五十年代初，師大來了一個頗奇特的兼任教授，名叫朱子範。他教的課是《左傳》，用的教本是《左傳句解》。他來上課時，除了拿幾枝粉筆外，不攜帶一本書或筆記簿。他空著手講書，不但正文能背誦，連注解也很熟。因此甚得學生們的敬重。當然，他在上課之前，可能會預備一番，但是《左傳》的文字均係短篇，人名、地名又極複雜，假如他不是小時候背得很熟，一時是斷難預備起來的。我和朱君素未謀面，這些事情，只從同事方面聽聞而來。聽說朱君英年早逝，他的生命眞如曇花一現，太短促可惜了。

此外，《圍城》和《管錐編》的作者錢鍾書，也可說是現代博聞強記的人。他寫的書，每往往引經據典，左右逢源。如《圍城・四》裡提到小名，說：「人家小兒要易長育，每以賤名爲小名，如犬羊狗馬之類。」又引古書說：「司馬相如小字犬子，桓熙小字石頭，范曄小字磚兒，慕容農小字惡奴，元叉小字夜叉，……」引了一大堆。《管錐編》引證中外古今的典籍，更是洋洋大觀。幾年前，他到美國講演，背誦了一連串的西方名著，使得外國的學者聽了目瞪口呆。這雖然有點近於「賣弄」，但究竟是難能可貴呀。

相反的，世上記憶力差勁的人，也不見得少。明馮夢龍編的《笑府》裡有這樣的二則：

「一人攜刀往竹園取竹，偶內急，乃置刀於地，就園中出恭。忽抬頭曰：家中正要竹用，此處好竹，惜未帶刀耳。已解畢，見刀喜曰：天隨人願，適有刀在此。方擇竹下刀，見所遺糞，慍曰：何人沿地出痢，幾汙我足！」

「一人問翁何姓，曰，姓張。少焉再問，翁復告之。至第三問，翁慍曰：已說姓張，如何屢問？其人便云：這位李老官人直得就慍。」

以上所記固然是笑話，然而據我看，在忽遽中忘了自家的電話號碼，或碰到陌生人，幾次問了姓名後，隨即又叫錯了，也並不乏人。可見健忘的人，隨處可遇呢。

我與《人間世》

民國二十一年，林語堂創辦《論語》半月刊於上海，專門提倡「幽默」小品，甚風行一時。二十三年，又主辦《人間世》半月刊，專登小品文，提倡閒適風格，抒寫性靈，使用娓語式筆調，去談論人間世的一切問題。

這個雜誌當時銷路很好，對寫作的青年影響也很大。因爲在這之前，大雜誌如《小說月報》之類，地盤幾乎是壟斷的，刊登的稿子，不是名家，就是特約的，或者有人事的關係。假如你投寄稿子去，就如石沉大海，杳無消息。既不刊登，也不退稿。寫信去問呢，也不會得到回覆。聽說偶然缺稿，編者會在一堆存積的稿子中隨便找找，找出一篇適合的稿子來補空。那被他找出的稿子的作者，眞像中獎一般。可是這樣的機會是容易得到的嗎？我常常在刊物上看到有人寫文章，抱怨《小說月報》等雜誌不登無名作家的作品，……所以我雖然有投稿的野心，卻始終不敢投稿。《人間世》一創刊，頁底的稿約前面就聲明：「本刊地盤公開。文字華而不實者不登。涉及黨派政治者不登。」稿約重要的有幾條如下：

①本刊接收外稿。不拘文言白話，以合小品文格調為準。
②外稿稿費一律每頁四元，每期刊後發出。
③除由本社致奉稿費以外，並贈送登刊稿件之本刊二册。
④本稿非經於稿端特別聲明，並附相當郵資者，概不退還。
⑤特約撰稿另定。
⑥來稿請逕寄上海北四川路八五一號本社編輯部，勿交私人姓名。

從《人間世》創刊號起，我就是一個經常的讀者。作者之中，給我印象較深的，除知堂的文章是「特載」外，有：老舍、老向、何容、林語堂、蔡元培、徐志摩、傅東華、朱湘、李金髮、許欽文、宋雲彬、徐訏、緣緣堂主（豐子愷）、黎錦熙、劉半農、朱孟實（光潛）、俞平伯、廢名（馮文炳）、蘇雪林、郁達夫、趙景深、臧克家、宋春舫、沈從文、夏丏尊、施蟄存、林疑今、淦女士（馮沅君）、簡又文、黃嘉音……等。

《人間世》的主編是林語堂;編輯:徐訏、陶亢德。林語堂在一篇〈關於人間世〉裡說:

「近來外稿越來越多而越好,更能接近原來的理想。但是本人仍認為心中想要實現的理想雜誌尚未實現。……本刊宗旨在提倡小品文筆調,即娓語式筆調,亦曰個人筆調,閒適筆調,即西洋之 Familiar Style,而範圍卻非古文之所講小品。要點在擴充此娓語筆調之用途,使談情說理敍事紀實皆足以當之。其目標仍是使人『開卷有益,掩卷有味』八個大字。」

我在上海的時候,聽朋友說:《人間世》每天投進來的稿子大約有一兩千件,主編自然是不會看的,徐訏也不看,這一大堆的稿子先由助理分看,從其中提出五十份,交給陶亢德看,然後由他決定採用與否。

我雖然知道在這樣的情形之下,稿子能被採用是很難的,但是仍然要嘗試一下。我寄去了一篇〈扇〉,不久稿子就被退回來了,附了一張印好的短箋,云:「來稿與本刊格調不合,……茲特退回。……」

我於是檢討自己的文章的缺點，又細細看別人的作品的優點，有三個作家比較特出，即是老向、老舍、何容。老舍、何容語多幽默，老向的文章頗多，用的是北方土話，內容都是寫河北鄉下人的日常生活。我那時正居住在偏僻的東南海濱鄉間，心裡想：何不也寫一些里巷間所見所聞的呢？我花了幾天的工夫，又寫成了一篇寄去。這回卻成功了，我接到《人間世》雜誌社寄來的一個通知說：「大作〈雞〉預定於本刊第四十期登出。」後來匯了稿費來，記不清楚是八元或十元，這個數目在當時是相當不錯的報酬。

對一般寫作的人而言，退稿總是難免的，我以前看過海明威的《失落的一代》，第八章說：「我知道那些故事寫得很好，……但當我停止替報館工作時，卻每篇都遭到退稿。」就是大作家，有時候也會遇到這種慘事呢。孫如陵先生曾經對我說：「退稿並不是壞事。我常常對『習作』班上的學生說：『誰都沒有被退過稿的，誰就是不肯努力的人。』」這雖然是一種磨鍊，可是屢次遭到退稿，也會使人沮喪，失掉了寫作的勇氣和興趣的。老實說，我以後還會常常拿起筆來寫，和這次的投稿能夠如願以償，很有關係的。

許多年前，一個朋友告訴我：他在地攤上看見一本《人間世》選本，裡面有我的文章。果然，我在地下道的書攤上買到了一本，這個選集是把《人間世》的小品選了兩百篇，分為抒情、雜感、論述、山水、人物五大類。我那篇〈雞〉就選在抒情小品類裡。這篇可算是我的處女作吧。另外那篇被退的稿子〈扇〉，後來寄到《青年界》，過了一年多，才登了出來。

這之後，我想寫一篇更好的作品，卻眼高手低，始終寫不出來。《人間世》出到四十期（參見圖四），改名爲《宇宙風》，性質還是一樣的。隨後，抗戰爆發了，《宇宙風》遷到廣州、重慶等地，連刊物都不容易看到，我也就失掉了投稿的好機會了。

林語堂的中文程度

匈牙利幽默大師賴西魯早年爲林語堂所作的速寫

提起林語堂先生，我們自然就會想到他是一位英語專家。在前一輩中，擅長英文寫作的，除了辜鴻銘外，其次就要數林語堂了。

關於他的中文程度，一般人多少會帶著懷疑的心理，以爲不如英文吧。大概總在民國二十四年，他的英譯《浮生六記》在《天下》月刊發表之後，我看到上海什麼報上刊登了一篇批評的文章，題目是〈林語堂的中文程度不過如此〉。（可惜當時沒有把資料剪存，現在自然無法詳述。）文字不長，大意是指出林氏的英譯錯誤有十多處。我當時對照中英文看了一下，都是一些小問題，有的也許是他看得太快了，眼睛看漏了的緣故。我等待著，要看林語堂會有如何的答覆，——結果沒有。他似乎是置之不理。但是我想，假如是譯者筆誤的話，再版時他當然自己會加以修正的。……

來臺後，五、六年前，有朋友介紹一個美國研究生S君跟我「交換教學」，我考慮了一下，終於答應了。S君的中文程度已經滿好，又很勤奮，喜歡文學，我於是建議爲他講沈復的《浮生六記》（其實只存四記），並且對照著林氏的英文翻譯。我發覺林氏的英譯頗能傳神，怪不得聽說有英國人讀了爲之大大地感動。當年那個批評者指爲誤譯的地方，因爲時間太久，已經不復記憶，找不到了。——或許是譯者後來自己已經修正了。雖然也還有一些未能盡善盡美處，但我想這總是難免的，不應該苛求。在這裡，我怕讀者不耐煩，不想煩絮，只舉一例於下面。

《浮生六記》卷二，作者沈三白夫婦，春天時節，同友人們到蘇州南園觀賞菜花。沈夫人僱了一個餛飩擔，用來泡茶，熱酒菜，玩得很痛快。這裡是他們的一段對話：

芸（沈夫人）問曰：「今日之遊樂乎？」

眾曰：「非夫人之力不及此。」大笑而散。

他們不過喝酒賞花玩得痛快而已，爲什麼下文竟說「大笑而散」？有什麼好笑呢？是不是原文上下文不太連貫呢？——不，不，原來這是用雙關語，開玩笑的。古人說話，喜歡引經據典，所謂「掉書袋」。「今日之遊樂乎？」是用蘇東坡的〈後赤壁賦〉：「赤壁之遊樂乎？」而略加改變；「非夫人之力不及此」，用《左傳》僖公三十年晉文公語：「微夫人之力不及此。」—《左傳》裡的「夫人」，夫音扶，作「此」解，「夫人」指秦穆公，《浮生六記》這裡的「夫人」（夫音敷），卻借作「太太」的夫人，指沈夫人，所以說是雙關語。因爲這句話回答得很妙，所以下文接著云：「大笑而散。」陳望道《修辭學發凡》第七篇就曾引此例，認爲是「借形格」。林氏的英譯沒有把雙關的意思譯出（也許他根本沒有把這雙關修辭看清楚），只譯作：We would not have enjoyed it so much, had it not been for Madame! 故末句「大笑而散」，只好用意譯改作：Then merrily we parted. 我想這可以說是「美中不足」的地方。雖然如此說，我卻承認這部英譯《浮生六記》確是非常出色的，而且我可以肯定：林氏的中國古書的基礎是超過一般的水準的。

在這時之前，我又看到臺灣某報副刊上登了一篇〈林語堂的中文是半路出家〉的短文，是說林語堂本來是專精英文的，後來在國內因受了周氏兄弟的影響，才常以中文寫作，涉覽中國古書，尤其喜歡明人的小品。……過了幾天，就有一個署名林某某的作者（已忘其名），撰文反駁「半路出家」這篇短文，並且說自己是林語堂先生的本家，他知道很清楚，林語堂從小就跟某某前輩學習古文，背誦四書五經。……怎麼可以說他是「半路出家」呢？

這位林某某所說的話，我想是可以相信的。林語堂在一篇〈自傳〉（見《無所不談合集》下）裡也提到：「……屋後有一個菜園，每天早晨八時，父親必搖鈴召集兒女們於此，各人派定誦讀古詩，父親自為教師。……」「……我所有的些少經書知識，乃早年由父親庭訓而得；當投入聖約翰時，我對於蘇東坡的文學已感到眞正的興趣，而且正在讀司馬遷的《史記》。……」這些片段文字都可以作為林某的反駁的佐證。

至於想要把林語堂的中、英文的寫作做一個比較，我想是不容易的事，而且我也沒有這個能力；況且林氏專心從事英文寫作達三十年之久，中文寫作的時間自然短些。我在下面要說的，只是我個人對於他的中文寫作方面的感受，談不上是什麼批評，而是僅限於小品散文這方面。我覺得他的散文的特色有三點：

一、內容精彩，所談甚廣泛。我最早看見他的名字（那時叫林玉堂）是在周氏兄弟的文章裡，如周作人的一篇題作〈沉默〉的短文，開頭就引林氏的話：「林玉堂先生說：法國有一個演說家勸人緘默，成書三十卷，為世所笑。……」（見《雨天的書》）這話就非常有意思。在他自己的文章裡，精彩語也多類此，如珠的妙語，觸目皆是。因為他書讀的多，看的博，才會達到如此的境界。他不像一般的作家，把自己局限於鄙陋的小天地中。他自己曾題了一副對聯，說：

兩腳踏東西文化，

一心評宇宙文章。

他不但精於外國文學，對中國的古典文學確也下過一番功夫。許多年前，他回國時在師大大禮堂演講，講的就是〈關於莊子〉。我坐在前排聽，他的話到現在還留下一點模糊的印象。他認爲莊子是先秦一大散文家，其筆鋒洸洋自恣，議論玄奧宏深，使儒家拘泥束縛的思想，得以解放，還眞反璞。他翻譯了《莊子》十二篇爲英文（世界書局四十六年初版）。他自己的思想和文章，多少也染上了莊子的汪洋不羈的色彩。

二、氣勢奔放，筆鋒帶感情。 這一點，跟他愛讀蘇東坡、金聖歎的文章有關。他說：「金聖歎的才氣文章，在今日看來，是抒情派、浪漫派。目所見，耳所聞，心所思，盡可入文。他所做的《西廂記》序文，詼諧中有至理，又含有人生之隱痛。」金聖歎批《西廂記・拷艷》一折，有三十三則「不亦快哉」，他摹擬聖歎此體，也寫成〈來臺後二十四快事〉。

今錄二條於後：

「初回祖國，賃居山上，聽見隔壁婦人以不乾不淨的閩南語罵小孩，北方人不懂，我卻懂。不亦快哉！」

「報載中華棒球隊，三戰三捷，取得世界兒童棒球王座，使我跳了又叫，叫了又跳。不亦快哉！」

以上見《無所不談合集》下。這些文字都是活的，熱烈的，令讀者如親見其人，如實聞其聲。

三、文白相雜，其意無不達。關於語文的問題，他這樣主張：

「其實文言成語，有很多是幾千年鍛煉而來極能傳情達意的語詞，是應該收入『國語』的。要這樣才能演出很豐富靈活、很細膩微妙、很能達意傳情的國語。如『集思廣益』，在一般文人口中是必不可少的成語。有的如『功虧一簣』『飲水思源』『司空見慣』……已經成了文人的國語一部分，要是屏棄不用，白話怎樣囉唆，也不能如此傳情達意。……文學的國語應以語言為主體，而在這白話當中，可以容納凡需要的文言成語的部分。要這樣，我們才能有善於傳情達意的國語。」《無所不談合集上・論言文一致》。

把他這個意思稍加引伸，那麼只要用得切當，易於達意，語體文中未嘗不可融合一些文言的詞彙。如他那篇《論小品文筆調》（見《人間世》半月刊第六期），就用這種文體寫著：

「大體上，小品文閒適，學理文莊嚴，小品文下筆隨意，學理文起伏分明，小品文不妨夾入遐想及常談瑣碎，學理文則為題材所限，不敢越雷池一步。……今之所謂小品文者，其範圍卻已放大許多，用途體裁，亦已隨之而變，蓋誠所謂『宇宙之人，蒼蠅之微』，無一不可入我範圍矣。此種小品文，可以說理，可以抒情，可以描繪人物，可以評論時事。……故余意在現代文中發揚此種文體，使其侵入通常議論文及報端社論之類，乃筆調上之一種解放。」

顯然地，他是有意在嘗試要打破文言和語體之間的藩籬，這在寫作上也確是一種解放與自由，極有意義。

他的小品散文集，就我所看到的，有下列幾種：

《剪拂集》 這是他第一次出版的散文集，共收雜文二十八篇。初生之犢，蓬勃有朝氣。十七年上海北新書局初版。

《大荒集》 這是繼《剪拂集》而編成的第二本散文集。書前有一篇作者序文說：「最初想到《草澤集》《梁山集》，都覺得不當；因而想到《大荒集》這名稱，因爲含意捉摸不定，所以覺得很好。」二十三年上海生活書店初版，連史紙線裝二册。共收散文及其他二十八篇。五十五年臺北志文出版社翻印，一册，删去〈論文〉等四篇，書末增〈浮生六記譯者序〉以下七篇，係自《剪拂集》《我的話》及《人間世》等刊物羼入。

《我的話》 上册又名《行素集》，下册又名《披荊集》。二十五年上海時代圖書公司出版。文字全錄自《論語》半月刊，無贋品。共計九十七篇。

《語堂文存》 這是他本人所選的文集，尚未發現贋品。內容選自《剪拂集》《大荒集》《行素集》《披荊集》及《論語》《宇宙風》刊物，共三十五篇。三十年上海林氏出版社印行。

《無所不談合集》上下二册。這是他從國外回臺北後晚年的作品，大部分曾在《中副》上發表過，共計一百四十三篇。六十三年臺北開明書店出版。

《諷頌集》這本書，作者頗不滿意。這原是他的英文著作 *With Love and Irony*，蔣旂譯爲中文，譯文欠佳。後來的版本又胡亂删去「蔣旂譯」，成爲「林語堂著」。

總之，他的小品散文，有痛快語，有雋永語，有風趣語，有諧謔語，確能引人入勝，具有特殊的魅力和反映時代的廣大的影響力。他是我所喜愛的散文作家之一，「幽默大師」的稱號，對他誠然是當之無愧。（參見圖二）

劉半農兄弟

劉氏兩兄弟都是很有才華的。半農的名，許多人都聽見過，他的弟弟，就較少有人知道，可是在當年，也是頗有名的。（參見圖七、八）

劉復，號半農，江蘇江陰人。據錢穆先生的《回憶錄》中說：他和半農曾經是常州府中學堂裡的同學。半農在學堂裡原名劉壽彭，在校的成績常列前茅，有才名。後來到上海去，以賣文過生活，用「半儂」的筆名寫「禮拜六」派的小說，很出名。後來到北京，又易名半農。

他先在《新青年》投稿，到北京後就加入了他們的陣營。他和錢玄同合作，由玄同裝作舊派文人，化名「王敬軒」，寫信給《新青年》編者，提出非難，同時由半農答覆，駁得他體無完膚，這就是所謂〈答王敬軒〉的「雙簧信」，眞是妙極。這次論戰，他確是勇健，打了一個得力的勝仗。他那時候和周作人、魯迅、孫伏園、錢玄同等交往，其中尤以作人、玄同最親密。他有一篇小品，題爲〈記硯兄之稱〉，說：奉軍入關（民十六年），他和作人避地菜廠胡同一個友人家，桌僅一硯，兩人共硯寫文章，自此有硯兄之稱。作人很欣賞這篇短文，說文章裡邊存著作者的性格，讀了如見其人。至於和魯迅呢，始親後疏。魯迅喜歡他的勇敢，如雙簧信、「她」「牠」字的提倡等，而因思想上的歧異，後來對他起了「反感」。

民國九年，他以公費赴歐洲留學。這原因，據說是因受了英美派的紳士的譏諷。他在歐洲所以學習語言學，那恐怕是受了錢玄同的影響吧。在留學期間，他仍舊寫新詩及民歌，很風行的一首歌詞〈教我如何不想她〉，以及山歌體《瓦釜集》，都是寫於這時候。同時也留意於中國的俗文學。留學六年，得到法國巴黎大學文學博士學位。回國後，任北大教授。

二十三年六月，他從北平到綏遠調查方音，在回程中染上回歸熱，返北平，高燒不止，又爲庸醫所誤，竟不起。年四十四歲。

他的爲人，眞率勇敢，但仍遺留一點名士的性格。他的興趣很廣，做詩、寫文章、寫字、照相、蒐書、談文法、談語音、談音樂、翻譯，都來。或許有人嫌他雜，但這正是他的好處。文學作品有《揚鞭集》《瓦釜集》《半農雜文》兩集。他的雜文潑辣諧謔，流利痛快，運用口語及文言極其自然，自有一種特殊的風格。學術性的著作，有《守溫三十六字母排列法之研究》《四聲實驗錄》《中國文法通論》《宋元以來俗字譜》《敦煌掇瑣》等書。翻譯書有《茶花女》（劇本）、《法國短篇小說集》等。他的翻譯小說被很多人所喜愛，原因是選擇精審，譯筆流暢生動。

他的弟弟劉天華，比他小四歲，是一個名國樂演奏家、作曲家。三弟北茂，比他小十三歲，也是個國樂家。

民國元年春天，天華十八歲，隨大哥半農到上海。他跟江南琵琶大師沈紹周學習琵琶。又研習二胡。半農曾經說：他的恆心和毅力，確非一般人所能做到的。往往練習一種樂器，自黎明到深夜不肯歇，甚至於數十天不肯歇。他的精妙的技術之成功，實由於此。民六年，半農在北大任教。他寫信給他的哥哥說：都中專家薈萃，他想北上，能得機會學習觀摩。但是結果沒有實現。十一年，他才有機會到北京，任北大附設音樂傳習所國樂導師，專授琵琶、二胡。十三年，他跟西人某名師學習小提琴。半農自歐洲回國，以在法國所購的小提琴贈送他。十五年，北京藝術專校增設音樂科，蕭友梅做主任，聘他爲國樂教授。

這之前，中學時期，他曾參加學校軍樂隊學吹軍號、軍笛。在失業、喪父的困境中，他不斷地練習二胡，試自創作二胡曲〈病中吟〉。這是他的處女作。他又吸收小提琴技巧的某些長處，把二胡從伴奏樂器上升爲獨奏樂器。他一共作了十首二胡曲，除〈病中吟〉外，尚有：〈月夜〉〈苦悶之謳〉〈悲歌〉〈良宵〉〈閒居吟〉〈空山鳥語〉〈光明行〉〈獨絃操〉〈燭影搖紅〉。此外還作了三首琵琶曲：〈歌舞引〉〈改進操〉〈虛籟〉；一首絲竹合奏曲：〈變體新水令〉。

他對改進國樂抱著很大的雄心，聯絡蔡元培、蕭友梅、趙元任、劉半農等，組織「國樂改進社」。民十九年冬天，他在北京飯店大廳演奏國樂，中外名流咸集。一位旅平的德籍教授曾批評道：「不聽劉天華先生的演奏，眞不知道中國竟有這麼美妙的音樂啊！」

抗戰期間，我在永安，聽王沛綸二胡獨奏〈空山鳥語〉〈光明行〉等曲，眞是美妙極了。這兩首曲子是十首二胡曲中最出名的。〈空山鳥語〉初稿作於民七，十年後才定稿。標題採取王維詩句「空山不見人」的意境。前有引子，以簡單的調子描繪出題意幽邃、靜穆的境界。接著，運用三絃擬聲手法，模仿百鳥啁啾聲，彷彿自然清幽的景色與宛轉自在的鳥語交融相織，旋律優美生動，富有情趣。〈光明行〉作於民二十年春。這是一首振奮人心的進行曲，旋律明快堅定，節奏富於彈性。全曲分四段。在引子中，可以聽到整齊的步伐行進聲，然後出現小軍鼓似的節奏和昂揚的音調。第二段進行曲風格的旋律，流暢舒展，優美如歌。第三段猶如人們踏著矯健步伐，昂首前進。尾聲中，利用顫弓的特殊效果，使音樂更形熱烈；最後又出現摹擬軍號聲。全曲生氣蓬勃，充滿著進取精神和對光明前途的樂觀自信。

劉氏兄弟平時很親密，半農校點舊小說《何典》，在序文裡說：「我得此書，乃在今年逛廠甸時。拿到家中，我兄弟就接了過去，隨便翻開一回看看；看不到三分鐘，就格格格格的笑個不止。我問為什麼。他說：『這書做得好極。一味七支八搭，使用尖刁促掐的挖空心思，頗有吳老丈風味。』」從這段文字裡，可以窺見他們手足之間融融愉悅的情況。天華採用近代記譜法編了一本《梅蘭芳歌曲譜》，半農就為他的弟弟寫了一篇序，這篇序文收在《半農雜文》第二集裡。不幸天華於二十一年夏天，染猩紅熱逝世，年僅三十八歲。半農的痛弟情懷可想而知。

好像還是在民二十年的春夏之間，我因輟學無聊，到南昌依我的大哥，他正在主編《音樂教育》刊物。我住在湖濱公園的音教會裡面，瀕臨百花洲，景物秀麗，樂歌聲不絕於耳。我見坊間流行著一種西洋活頁歌曲，附有英文歌詞并中文譯詞，譯詞字句既拙劣，又跟曲譜不相配合，不能歌唱。我於是將它重加意譯，叫音樂家李元慶君以鋼琴伴奏試唱一遍，改動了不好唱的字句。想在《音樂教育》上發表，因為一首歌曲的稿費相當可觀；可是人家知道我是不懂音樂的，用我的名字登出來，怕被讀者輕視。忽然我靈機一動：如果去掉姓，就用「天華」兩個字，可以冒充一下劉天華的大名，豈不是很好？就這樣，一連翻譯了七、八首的歌。記得有一首〈小夜曲〉（Serenade），曲調非常優美。後來還聽到有女高音獨唱在音樂會裡唱它，效果很不錯。

三十一年夏天，我避難到永安，在國立福建音專任教，課餘我跟學生們偶然談到〈小夜曲〉，我指著舊雜誌，說：「這首歌詞是我譯的。」就有一個女學生笑著說：「老師，別吹牛，那是劉天華譯的呀！」我聽了只是微微一笑，心裡想：那次「冒名」居然成功了。

往事如過眼雲煙，倏忽消逝。……在這裡，我不禁要向這位有幸與我同名的天才音樂家致無限的思慕和敬意。

魯迅作品虛與實

魯迅和周作人兄弟之間本來是很融洽的，後來不知爲了什麼細故，失和了，這也許跟作人的日本太太有關吧，而且兩人思想上也有了歧異，從此漸漸地疏遠起來；但是他們彼此並沒有什麼惡感。作人做了兩首〈五十自壽詩〉，招來了許多的攻擊批評。魯迅在寄給曹聚仁和楊霽雲的信中，卻都替他說公道話。給楊的信說：「周作人之詩，其實是還藏些對於現狀的不平的，但太隱晦，已爲一般讀者所不瞭解，加以吹擂太過，附和不完，致使大家覺得討厭了。」至於作人這方面呢，對魯迅尤其是念念不忘，在晚年所寫的《知堂回想錄》裡，更是連連提到魯迅不置。

魯迅的作品，奇詭尖刻，語多含蓄，粗心的讀者是不容易領會的。例如他的一篇小說《吶喊・藥》：秋天的後半夜，華老栓就起來了。……走到街上，街上黑沉沉的。路愈走愈分明，天也愈走愈亮了。遠遠看見一條丁字街，明明白白橫著。只見一堆人，頸項都伸得很長。轟的一聲，都向後退。「喂！一手交錢，一手交貨！」一個渾身黑色的人，站在老栓面前。一隻大手，向他攤著，另一隻手撮著一個鮮紅的饅頭。老栓慌忙摸出洋錢交給他，那人扯下燈籠紙罩，裹了饅頭塞與老栓。……太陽出來了，照見丁字街頭破匾上「古□亭口」四個黯淡的金字。老栓走到家，把那用荷葉重新包了的饅頭塞在竈裡，店屋裡散滿了一種奇怪的香味。小栓的母親端過一碟烏黑的圓東西，輕輕說：「喫下去罷，病便好了。」……這一年的清明，郊外荒塚間添了兩座新墳。華小栓的墳，和夏家要造反的夏瑜的墳，一字兒排著。奇怪的是有一圈紅白的花，圍著夏家那尖圓的墳頂。夏四奶奶流下眼淚，說道：「瑜兒，他們冤枉了你。你今天特意顯點靈，要我知道麼？……你如果眞在這裡，便教這烏鴉飛上你的墳頂，給我看罷。」那烏鴉在樹枝間縮著頭，鐵鑄一般站著。……老女人嘆一口氣，慢慢地走了。走不上二三十步遠，忽聽得背後「啞——」的一聲大叫，只見那烏鴉張開兩翅，直向著遠處的天空飛去了。

據《知堂回想錄》五四說：夏瑜的名字，隱指秋瑾。魯迅在日本的時候，跟秋瑾是認識的。後來安慶的槍聲一響，秋瑾也被逮捕，只留下「秋雨秋風愁殺人」的口供，在古軒亭口的丁字街上被殺。革命成功六七年之後，魯迅發表一篇〈藥〉來紀念她。墳上有人插花，表明中國人不曾忘記了她。知堂這話，我想是很對的。魯迅的作品，雖然顯然是受了西方甚至日本的作家的影響，但他對中國的文學，根柢也不淺，他特別喜歡屈原的〈離騷〉和《儒林外史》。《儒林外史》所寫的人物，大都實有其人，而以象形諧聲隱寓他們的姓名。如馬二先生字純上，實卽馮粹中，馮字析爲馬二，他是作者的好友。在〈藥〉這篇小說中，用的隱喻也就是類此。華夏（兩姓），是指中國；秋、夏，是兩個連接的季節，瑾、瑜，均爲美玉，都是使人容易聯想的。《楚辭·懷沙》：「懷瑾握瑜兮，窮不知所示」。秋瑾又稱「鑑湖女俠」，有偉大的氣魄，因此在這裡就成爲男性的革命青年了。作者大概頗看重這篇，所以後來自己把它選入《中國新文學大系》中。

我在上面提到魯迅特別喜歡〈離騷〉，不是沒有依據。許壽裳《亡友魯迅印象記》裡說：屈原的〈離騷〉，他讀得很熟。有一天，我問他：「你最喜歡〈離騷〉裡哪幾句？」他馬上脫口而出背誦道：「朝吾將濟於白水兮，登閬風而緤馬；忽反顧以流涕兮，哀高丘之無女。」

在許多的筆戰中，魯迅差不多都是佔上風的，據我所知，惟獨那次左派文人阿英（錢杏邨）攻他，攻得最慘了。阿英很取巧地以《吶喊》《彷徨》兩本小說集名諷刺他，說：「魯迅沒有出路了，他已經從吶喊到了彷徨！」魯迅的答覆，只說：「出路！中狀元麼？」其實，用「彷徨」二字，並非純粹消極的。作者在《彷徨》的扉頁上引了屈原的〈離騷〉兩節：「朝發軔於蒼梧兮，夕余至乎縣圃；欲少留此靈瑣兮，日忽忽其將暮。吾令羲和弭節兮，望崦嵫而勿迫；路漫漫其修遠兮，吾將上下而求索。」他雖然覺得寂寞，日暮路遠，但仍然努力不捨地求索，這裡是含有「任重道遠」的意味。他所以引〈離騷〉，無非想使讀者明白他此時此地的心境。像阿英這樣他認爲膚淺的批評家，自然使他痛心、嫌惡。我聽說後來有一次在什麼會場上，阿英向魯迅打招呼，魯迅竟不理他。

《彷徨》裡的小說，寫作技巧比以前更純熟了。有一篇題作〈弟兄〉的，我看後印象最深：……張沛君弟兄同住一個公寓裡。弟弟靖甫忽然發高燒，報上說猩紅熱正流行。沛君慌了，忙打電話到醫院，請普大夫來看病。普大夫已出診，說是很忙，怕去得晚。……他坐在窗前，聽得病人急促的呼吸聲。他這次知道了汽車的喇叭聲有各樣：有如吹哨子的，有如擊鼓的，有如放屁的，有如狗叫的，有如牛吼的，……爲什麼早不留心，普大夫的喇叭是怎樣的聲音呢？……終于，普大夫來了，按一按脈，解開病人的衣服給他看。「Measles……」普大夫低聲說。「疹子麼？」他驚喜得聲音也發抖了。……「你原來沒有出過疹子？……」……沛君醒來時，朝陽已從紙窗上射入。他走向靖甫的房裡，自己的頭還覺得昏昏的，夢的斷片，同時閃閃浮出：……他忙著收斂，獨自背了一口棺材，……他看見自己的手掌比平時大了三四倍，鐵鑄似的，向孤兒荷生的臉上一掌批過去。……荷生滿臉是血，哭著……。他旋轉身子，對了書桌，只見蒙著一層塵土，再轉臉去看紙窗，掛著的日曆上，寫著兩個漆黑的隸書：廿七。……

《知堂回想錄》一一二說：他查當年的舊日記：……忽然他發熱很高，有猩紅熱的嫌疑。魯迅也有點兒慌了，決定請德國醫生來看，診斷後，說是疹子。這篇小說所寫的，是把詩與事實糅合起來。日曆上的日子「廿七」，與日記所記病癒的日子是相符的。……我覺得，這篇小說，寫兄弟間的友愛、焦慮，以及矛盾的自私心理，眞是刻畫入微。

他的散文詩《野草》，有人評爲太傷感了，但是曹聚仁在年譜的末尾說：「我卻以爲魯迅的作品中，《野草》是最好的一種，也可以說是最接近尼采思想的，使人百讀不厭。」其中一篇〈風箏〉，是對虐待兒童遊戲的心靈的懺悔：

「地上還有積雪，灰黑色的禿樹枝丫叉于晴朗的天空中，而遠處有風箏浮動，久經逝去的春天，就在這天空中蕩漾了。……我的小兄弟，那時大概十歲內外罷，最喜歡風箏。有一天，我發見他坐在小凳上，旁邊靠著一個蝴蝶風箏的竹骨，還沒有糊上紙，一對做眼睛用的小風輪，正用紅紙條裝飾著，將要完工了。我很憤怒他瞞了我，卽刻伸手折斷了蝴蝶的一支翅骨，又將風輪擲在地下，踏扁了。……在我們離別很久之後，我才知道遊戲是兒童最正當的行為。……于是我的心彷彿變了鉛塊，很重很重地墮下去了。……我知道有一個補過的方法：去討他的寬恕。……『有過這樣的事麼？』他驚異地笑著說，就像聽著別人的故事一樣。他什麼也不記得了。全然忘卻，又有什麼寬恕之可言呢？……我的心只得沉重著。……」

《知堂回想錄》八三（在東京）也提到這篇，說：「大概我那時候很是懶惰，與魯迅兩個人，白天逼在一間六席的房子裡，氣悶得很，不想做工作，因此與魯迅起過衝突。他老催促我譯書，我卻只是沉默的消極對付。有一天他忽然憤激起來，揮起他的老拳，在我頭上打了幾下，便由許季茀趕來勸開了。他在《野草》中說曾把小兄弟的風箏折斷，那卻是沒有的事。」我們可以看出來，魯迅寫故事，大概總是要把事實與虛構糅合起來，使得它更深刻動人。

總之，魯迅的文字，外表冷雋辛辣，多反語諷刺，裡面卻洋溢著濃厚的熱情，又善於運用豐富的雅俗詞彙，具有無限的魅力。作人的《知堂回想錄》，也是一本迷人的書，裡面有許多資料，對於想瞭解魯迅的作品頗有用處。可是海峽兩岸，似乎對它都不大歡迎。曹聚仁在〈校讀小記〉裡說：「這麼好的回憶錄，如若埋沒了不與世人相見，我怎麼對得住千百年後的社會文化界？……知我罪我，我都不管了。」這是非常確切的話。（參見圖九）

葉紹鈞

前閱報載：

「中央社臺北十六日電：據北平新華社報導，中共附庸黨派主腦人物葉聖陶，今天上午八時二十分死於北平，終年九十四歲。」（七十七年二月十七日《中國時報》）

我看了當時有許多的感想。這個作家，在三十年代是頗有名的，然而在臺灣似乎很少有人提到他。我想他在過去文壇上，也曾有一點影響力，不妨談一談；只是我的手頭沒有充足的資料，現在東拼西湊，又憑記憶所及，先寫一些下來。

他的本名是葉紹鈞，字聖陶，後來以字行。江蘇吳縣人。曾任小學、中學教師多年。喜寫作，是文學研究會的會員。後任商務印書館和開明書局編輯，編過《小說月報》《中學生》。也曾任教於大學。

最初他寫新詩，跟朱自清、周作人、俞平伯、徐玉諾、郭紹虞、劉延陵、鄭振鐸等八人，共同印行一本詩集，叫做《雪朝》。後來專心寫小說、童話。也寫散文、雜文。他的作品不少：短篇小說有《隔膜》《火災》《線下》《城中》《未厭集》《四三集》（部分是童話）。長篇小說有《倪煥之》。童話有《稻草人》《古代英雄的石像》。散文有《劍鞘》（與俞平伯合著）《腳步集》《未厭居習作》《聖陶隨筆》等。雜文有《西川集》。他任商務編輯期內，還選注《荀子》《禮記》《傳習錄》和《周姜詞》（周邦彥、姜夔）。又和他的太太編成一部《十三經索引》，前面他有一篇自序，雖然是文言文，卻寫得很得體，並且饒有風趣。

他是一個非常樸素而沉靜的人，性情極隨和，跟朱自清、夏丏尊的交誼最密。在朱自清的文集中，有好幾篇文章是記述他或評論他的作品的。朱自清第一次跟他見面，是在民國十年的秋天。那時候朱到中國公學中學部教書，劉延陵和他說：「葉聖陶也在這兒。」因爲他們都看過葉紹鈞的小說。他好奇地問：「是怎樣一個人？」劉卻回答道：「是一位老先生哩。」葉初次給朱的印象是樸實沉靜，並不怎麼老，可是很不像我們所想像的蘇州文人。他寓居在上海時，一個新聞記者去訪問他，卻出來一個鄉下人模樣的老者，記者問：「葉先生在家嗎？」他回答：「在下就是葉聖陶！」使得記者很尷尬，驚訝不已。

他們兩人一見面就很相投，朱到杭州一師教書，也拉了葉去。兩個人同住一臥室，同用一書房，各據一桌子，朝夕見面。朱在預備功課；葉老是寫小說和童話，討厭應酬。他的沉思有時候是頗久的，可是寫作時卻很快。童話須憑靈感。有一天早上，他醒了躺在床上懶得起來，忽然聽見工廠的汽笛聲大響，他便說：「今天又有一篇了。」這一篇就是《稻草人》中的〈大喉嚨〉，寫得很精巧。他寫作時，往往握筆伸紙，不停地寫下去。他的稿子極清楚，每頁不過有三五字的塗改，從來不留底稿。雖然寫得快，但也決非不經心。卷首附有他的「題辭」手迹（參見圖三），讀者從這題辭，就可窺知他的不草率的性格。

據他自己說，他的作品以小說爲主。作風是寫實的。他的短篇小說中的人物很複雜：有工人、市民、教師、兒童、婦女、鄉民、兵士……，描寫細膩而生動。表面上是客觀的冷靜，隱藏在故事背後、對話中間，卻有溫厚的熱情。我覺得有點像契訶夫或者莫泊桑的風格。茅盾頗激賞他的短篇〈潘先生在難中〉（見《線下》），說這篇小說寫戰爭時小市民的利己主義、提心弔膽等瑣碎的心理極逼真。

長篇小說只有一部《倪煥之》，寫的是五四到五卅前後十餘年間知識分子的生活的動盪變化，以一個具有革命思想的教師倪煥之爲主人公。這部長篇，他這樣寫更久遠的年月，描寫更廣闊的世間，顯然對生活的體驗有點不夠；可是其中詞彙清麗，描寫佳妙之處，倒也不少，足以引人入勝。如：

> 「振之回到寓所，走上樓梯，取出鎖鑰來開那扇白木的門。門呀……地開了，他所有的世界便完全顯現。……牆上掛着四條石印的劉石庵的屏條，枯焦的紙色倒與濕痕斑駁的牆壁很相調和，旁邊用畫圖釘釘著兩張褪了色的紅楓葉，還是去秋振之游蘇州天平山時撿回來的。一種悶鬱霉蒸的氣味直刺他的嗅官，使他急於去開那兩扇僅有的窗。熱風隨卽吹送進來，帶著許多的煤屑，打在臉上頗覺得不好過。他看桌面時，一切器物都勻勻地鋪上一層煤屑了。原來前面偏左是一家洗衣店，矗起的煙囪裡不息地噴出煤煙來；這兩扇窗間的縫很闊，木板上又有好幾條裂縫，煤屑隨時可以飛進來了。」

以上短短的一段，把困住在都市的寓樓上而心猶思慕山野的樂趣的人，對空氣的污染所感受到的苦悶而無可奈何的心情，都表達無遺了。

他的散文雋永有味，我最喜歡〈兩法師〉〈藕與蓴菜〉兩篇，前者是寫弘一、印光兩個法師強烈的對比，後者是對故鄉的事物濃烈的懷念之情。抗戰的時候，他到大後方四川，在客地，他試作了一些速寫雜文，簡短而鮮明，可讀性很高。都收在《西川集》裡。

他曾和夏丏尊合寫一本《文心》，當該書寫到三分之二的時候，兩人竟由好友變成了親家，聖陶的兒子和丏尊的女兒訂了婚，到後來他們倆就把這書合送給兒女們做結婚禮物。這可以說是文壇上一段小小的佳話。在開明任編輯期間，他又和夏丏尊、宋雲彬、朱自清、呂叔湘、郭紹虞、陳望道等同編了幾套的國文讀本。憑他們多年認眞的教學經驗，又應用新的體裁方法編成，確實編得不錯，這些讀本曾經風行全國。許多年前，在牯嶺街的舊書攤上，還常看到有《開明國文講義》在偸偸地銷售。

大陸變色以後，他被拉去任人民出版社社長。從此「遵命執筆」，不能創作，寫不出什麼精彩的東西了。他雖然幸延年命，我們不難想像他在孤獨拘忌的晚年，定然會感覺到文思枯窘的內心煎熬吧。

早期郭沫若與翻譯

郭沫若、郁達夫、成仿吾、張資平，這四個人是創造社的主幹。我在二十年代和三十年代交替之際到了上海，接觸到的文藝書籍就以郭、郁兩家居多（參見圖十）。有一個時期，我簡直被他們兩人的書迷住了。郁達夫的小說、散文，如《沉淪》《寒灰集》等，我起初很喜歡看，後來覺得太頹廢而厭棄了。郭沫若不長於寫小說。他在日本留學的時候，寫了第一篇小說〈骷髏〉，投到《東方雜誌》，被退回了。他一氣之下，就把它燒掉了。他的新詩集《女神》《星空》，熱情豪放，很受青年歡迎；但是也有人認爲不及徐志摩的詩那麼饒有韻味。老實說，我最喜歡的還是他翻譯的許多小說。

民國十一年（一九二二）五月一日，《創造季刊》的創刊號終於出版了。這一期推出的作品，有郭沫若的〈創造者〉（代發刊詞）、郁達夫的小說〈茫茫夜〉、田漢的〈咖啡店之一夜〉、郭沫若翻譯的歌德的《少年維特之煩惱》等。這部翻譯小說後來由創造社出版部出版，風行一時。

在這裡，我要先談談這部膾炙人口的愛情小說。那時歌德剛剛在大學法科畢業，到一個鎮上逗留，在帝國大法院見習。在這兒他邂逅了一見傾心的夏綠蒂。她的身材輕盈小巧，健康而有活力，性情溫柔率眞親切，是一個人人看見都會喜歡的女子，芳齡才十九歲。可是她已經訂了婚，未婚夫的人品地位都很不錯，而且跟歌德也是朋友。歌德很灰心。兩人接觸越久，愛慕她的心也越深。因爲他傾心的女友的婚期已經逼近，他不得不毅然忍心離開了她。

分離之後，他仍然不能忘情。他藏著一把銳利的匕首，經常放在牀頭。他屢次萌著自殺的念頭。……終於又對自己嘲笑，決心要把自己這種愚昧的念頭拋到九霄雲外，好好地活下去。……這時候，他突然聽到一個從前的同學爲了失戀而自殺的消息，這同學癡戀著友人的妻子而陷於絕望，於是借了朋友的手鎗，夜裡自殺身死。這給了歌德對那部小說的構想一個極有力的啓示。

在他的心中醞釀著感人的故事，「詩與眞實」交互錯綜著。他謝絕朋友們的來訪，生活於寂靜孤獨中，如此經過了一段長久的時間，然後花了四個禮拜，集中精力而寫成這部小說。不久，《少年維特之煩惱》出版了。這本小小的册子竟轟動一世。這時是在一七七四年，歌德二十五歲。

愛克曼的《歌德對話錄》在一八二四年一月二日記載著一段關於《維特》的談話：

接著話題轉到《少年維特》，歌德說：「我像鵜鶘一樣，是用自己的心血把那部作品哺育出來的。其中有大量的出自我自己心胸中的東西，大量的情感和思想，足夠寫一部比此書長十倍的長篇小說。我經常說，自從此書出版之後，我只重讀過一遍，我當心以後不要再讀它，它簡直是一堆火箭！……」

這部小說幾乎全是一些抒情的書簡所集成，感情極豐富，詩意特別濃厚。以郭沫若那樣清麗感性的文筆來翻譯它，是很配合的。我覺得翻譯文藝作品，「信」固然重要，可是流利和能傳達原作的韻味也不可忽視的。我的書架上，恰好還保存著一部郭沫若譯的《維特》舊本，把它拿下來，隨便節錄一小段在下面：

……我們到了莊門的時候，太陽離山還有十五分鐘的光景。環天都是灰白色的稠雲。

……六個孩子，繞著一位丰姿美麗的姑娘，中等身材，穿件質素的縞衣，淡紅色的襟袖。——她把一塊黑麵包依著他們的年齡和食慾的大小切來每人給一片，各人也道聲：謝謝！……——她說：對不起得很。因為換換衣裳，我竟忘記分麵包給小弟妹們。他們除我而外別人切的麵包是不要的。——我全部的靈魂都安放在她那姿容、聲調、舉止上面了。小人們都在望著我，我趨向最小的一個去，面龐極帶福相。那時綠蒂剛走到門口，說道：路易呀，和這位哥哥握手罷！他便不客氣地和我握手。不怕他小小的鼻兒流著鼻涕，我也禁不住和他親了一吻。我向綠蒂說道：哥哥嗎？你相信，我當得起這樣的福分嗎？——她微微發一笑，說道：唉，我們的親誼最廣，假使你是其中最不好的，那我可就不快活了。

這段歌德初見綠蒂時的情形，寫得眞是動人！但我不能多引了，有興趣的讀者可自己去找那本書看。

郭沫若爲生活所逼，大量地翻譯和創作，使得他的聲名倏然崛起於文壇。雖然招致了文學研究會裡的一些批評家嘲笑他跟田漢是「盲目的翻譯者」，但是他們卻也曾經切實地介紹了不少世界的名著給青年們啊。在初期，郭沫若的書影響力較大的是他的詩、翻譯和散文。那時他出版的詩集，除《女神》二種外，又有《瓶》《前茅》《恢復》等。翻譯的除《維特》外，尚有：德國施篤姆的《茵夢湖》（此書是改譯一位同學的初譯稿而成的——這是一部意境淒美的中篇愛情小說，大受一般讀者的喜愛）、俄國屠格涅夫的《新時代》（又名《處女地》）、託爾斯泰的《戰爭與和平》（上部）、歌德的《浮士德》、英國高爾斯華綏的《法網》《銀盒》、愛爾蘭《約翰・沁孤戲曲集》、德國席勒的《華倫斯坦》、霍甫特曼的《異端》，以及《日本短篇小說集》（化名高汝鳴譯）；譯詩則有：《沫若譯詩集》《魯拜集》《德國詩選》《雪萊詩選》等。後期他又用易坎人做爲筆名，翻譯美國左派作家辛克萊的《屠場》《煤油》《石炭王》。

他的散文、小說，如天馬行空，奔放不羈。其缺點是一瀉無餘，不加裁剪，以致他的文字有時不免枝蔓蕪累。他既然歌頌愛情神聖，後來又大談其革命文學。——可是，這種矛盾的心態，卻正是青年們所喜愛的啊。我記得當時有一句頗爲流行的口號，是：「戀愛不忘革命。」

空性君有個朋友黃藥眠（翻譯家），跟創造社裡的這批人常有往來，因此我間接地聽到一些關於他們的瑣事。據他說：郁達夫的人緣最好，又熱心，喜歡幫助人；王獨清從法國回來，是一個詩人，胖胖的，聽說有心臟病；成仿吾是一個批評家，喜歡「開大砲」；而郭沫若這人很怪僻，不大跟人打招呼，常常獨自坐在那裡誦讀著詩。這孤獨的個性，大概和他患重聽有關係。

徐志摩的日記《西湖記》民國十二年（一九二三）十月間記著：創造社和他們這一派人因爲互相指摘翻譯的錯誤，引起不愉快；後來，胡適之偕徐志摩竟然到民厚里（上海）訪問郭沫若。結果雙方融洽了，互相請客。十月十五日《西湖記》云：

> 前日沫若請在美麗川，樓石菴適自南京來，故亦列席。飲者皆醉，適之說誠懇話，沫若遽抱而吻之。……今晚與適之回請，有田漢夫婦與叔永夫婦，及振飛。大談神話。……

這裡顯示出郭沫若年輕時的狂態，和喜怒無常的性格。大概胡適之說了句誇獎的話，就使他這樣得意忘形了。

郭沫若對於文學方面興趣多端，平心而論，固然自有其特殊的貢獻與成就，可是他的爲人，無論在朋友，婚姻，政治各方面，遭世人非議的地方非常之多，這實在是令我們後人不勝感慨而惋惜的。

懶學生懷舊師

深夜還不想睡，翻閱清李百川的《綠野仙踪》，看到第六回寫冷于冰去荒山求仙訪道，天黑迷了路，卻遇到一位教書先生，他很怪誕，一開口就掉書袋：「昏夜叩人門戶，求水火歟，抑將爲穿窬之盜也歟？……詩有之：伐木鳥鳴，求友聲也。汝係秀才，乃吾同類，予不汝留，則深山窮谷之中，必飽豺虎之腹矣，豈先王不忍人之心也哉！」……接著就出示他的近作，有咏風、花、雪、月等詩，其咏花詩最難懂也最精采的兩句是：

媳釵俏矣兒書廢，
哥罐聞焉嫂棒傷。

冷于冰看了解不出來，就請那先生教示。那先生解釋說：「這是我家現在的典故。我家的院子裡有花，媳婦採了花當做釵，插在鬢邊，看起來是很俏了，不料我的兒子看見太太這麼漂亮，竟擱置書不肯讀了；我家沒有花瓶，只有瓦罐，我的哥哥把花插在瓦罐中，時時刻刻聞著花香，我的嫂嫂是最會吃醋的，爲了防微杜漸起見，就用木棒把瓦罐打破了。」……最後冷于冰因評詩一言不合，那先生認爲是「異端」，命學生將他帶到西邊小屋裡，讓他在冷炕上過夜。第二天辭別時，竟不肯再見他一面。

放下《綠野仙踪》，在我的記憶深處也泛起舊日的兩位老師的形象來，他們都是與眾不同的，也可以說是有點怪，因此他們的形象特別鮮明難忘。

一個面孔黃黃的帶著病容的高個子，我們只知道他叫陳老師，從來沒有人提過他的大名，——在這個窮鄉僻壤的小學裡，關於老師們，除了姓之外，我們不會知道別的什麼的。他教我們算術，算術是我最怕的功課，我覺得數目字很難記，又難懂，因此我不喜歡它。幸虧我的位子是在教室的後面幾排，依我看來，比較地有安全感。陳老師的講解，似乎是很簡略的，他說了幾句話後，就叫一個學生上去，在黑板上演算習題。那個膽怯可憐的同學，拿著粉筆在黑板上寫了一行，就寫不下去了，站在那裡，呆若木雞。陳老師等得不耐煩了，就在他的額角上敲了幾個「栗暴」（屈指作栗苞形，以敲擊小孩、奴僕等人的頭額。），拉著他面壁站著。他向著牆壁，用手擦著眼睛，暗暗地啜泣，不敢哭出聲來。

這時候整個的教室內寂然，陳老師大概感覺到氣氛太嚴肅了，他想使大家輕鬆一下，就用冷冰冰的面孔，緩慢的語調，給我們講了一個或者兩個笑話。講完了，下面鴉雀無聲，沒有人笑出來，也許是不敢笑。我斜伏在桌邊，戰戰兢兢，屏住呼吸，不敢抬高我的頭，只怕老師一看見我，便要叫我下一個上去演習題，那就糟了。至於笑話呢，半個也沒聽進去，至今回想起來，連淡淡的影子也沒有留下來。

說來奇怪，老師從來沒有叫我上去演習題，不知道這是有意的呢，還是僥倖？……可是，老師又在冷冷地叫了：

「方德植，你上來演！」

他是我們班上最要得的同學，他的牙齒有點齙，其貌雖然不揚，頭腦卻非常靈敏。任何複雜的難題，他沒有做不出來的；或是問他什麼問題，他都能馬上回答得很正確。這位方同學，後來考入浙江大學，在數理方面有很大的成就，曾以英文寫的論文獲得一筆獎金。

陳老師差不多每堂都要體罰學生，體罰之後，總是繼之以講笑話，想舒緩緊張的氣氛。他恪守著「師嚴道尊」的教條，雖然講笑話，自己卻不能笑，否則學生們就會不怕他了。只有一次，他講得很起勁，有點忘形了，差一點要笑出來，突然他自己覺得了，便馬上打住。

所以，據我所知道，他只笑過半次。他的笑話好像沒有重複，想來一定不少，因爲一個學期講下來，總該有二三十個。假如他體罰學生之前講一些笑話，我想，效果必定會好得多啦，至少我會喜歡聽，因爲冷冰冰的人講的笑話，常是很不錯的。

雖然我自己莫名其妙沒有受到體罰，實際上在我的小小的心靈上也分擔了「受難」同學的部分的恐懼，而使日後我對於數學這一門更增加了嫌棄的心理，這些，也許是陳老師所料想不到的吧。

另一位是教我們高一（溫州高中）英文的劉延陵老師。他的面孔紅潤，皮膚白皙，微微發胖。他曾留學美國，很注重發音。幾乎每次上課，第一個就要叫到我，要我讀一段課文，或是問答；而每次他都會用他沉濁的蘇北口音連連地說：

「不行，不行！」

不但我一個人，對全班同學的發音，他都會指摘說：「不行，不行！」聽說，校中的英文教師，連教務主任在內，他們的發音，他認爲全都不行，而加以嗤笑。在那個時代，沒有錄音帶和電視，英語發音的練習，自然比現在困難多了。

我的寢室在二樓，每次我要到盥洗室或飯廳，都要經過一道走廊，劉老師的房間就在走廊的盡頭，那裡放著一把籐椅，他常常靠在籐椅上休息。聽說他是在養病，很少有學生跟他接近。

有一天，是在學期將結束的時候，我跟一個高年級的同學聊天。我說：「眞奇怪，爲什麼英文老師老要問我？是不是因爲我的個子小，特別顯眼呢？或是別的緣故？」

「你有沒有常從他的房間前面走廊那兒走過？」他想了一想，問我。

「有。這是我每天到盥洗室必經的路。」

「那就對了！你常常被他看見，他會認爲你是一個懶惰的學生，所以要問問你。就是這個緣故啊。我聽說，別的同學也有過這樣的情形呢。」

「哦！……」我這才恍然大悟。

從下學期起，我改從另一方向走，雖然路要遠多了，我還是願意多走一段路，避開他的視線。從此，上課時他再也不問我了。後來，我知道劉老師原來是一個詩人，他是江蘇泰縣人，又是文學研究會的會員，他的詩散見於《小說月報》《文學週刊》等刊物。可惜他沒有給我們講些關於西洋文學方面的東西，眞是交臂失之了。

手頭缺乏資料，只能錄他的詩一首在下面：

水手

月在天上，
船在海上，
他兩隻手捧住面孔，
躲在擺舵的黑暗地方。

他怕見月兒眨眼，
海兒掀浪，
引他看水天接處的故鄉。
但他却想到了
石榴花開得鮮明的井旁，
那人兒正架竹子，
曬她的青布衣裳。

我很喜歡這首詩的佳妙的意境，尤其是末了三句，寫海上人的鄉愁，明麗而動人。

上月看《聯合副刊》(七十七年十二月十五日)，在大陸作家許傑的一篇通信裡，有關於劉延陵先生的消息：

「兩年以前，我還和隱居新加坡的劉延陵先生通過信。在抗戰以前，鄭振鐸擔任暨南大學文學院院長兼中文系主任，我同他都應聘到暨大教書。他比我大幾歲。多年以來，他因為患病，有一個較長時期和國內文學界人士很少交往。如果他今日還在新加坡健在，那末，我想，除了冰心、俞平伯以外，再加上劉延陵和我，恐怕當年參加文學研究會，而且在會員錄上編上號子的，再也想不出第五個人來了。」(〈一番回憶，一種心情〉)

但願他依然長壽健在，我在這裡遙遠地爲劉老師祝福。

穆時英

現代的青年，大概很少知道穆時英這個人吧。抗戰前，三十年代的初期，我正在上海。忽然有一個青年作家崛起於文壇，出版了好幾部小說，一時不脛而走，風行各地，他眞是一夕之間便竄紅了。

他生於一九一二年，浙江慈谿人。父親是銀行家，他幼年隨父親到了上海。畢業於光華大學。筆名代揚、匿名子。他的小說，據我所知道的，有《南北極》《公墓》《白金的女體塑像》《聖處女的感情》等。因爲他久住上海，對市井小民口語的運用相當靈活，當時曾被稱爲「海派」作家，也有人稱他爲「新感覺派」作家。作品的內容自然以愛情爲主，此外也寫鹽梟、海盜、票匪、洪門子弟，以及紙醉金迷的都市生活。

但是他的竄紅只是曇花一現，不到一年。有一次，他又出版了一本長篇小說，我已經忘其書名，因爲我根本沒有看到那本書，只在報上看見廣告。一兩天之後，就看到報上刊登一篇批評文字，相當有力量，說他這部小說完全是抄襲一本日本的小說，只是改換了人名、地名、書名而已。那時就有懂日文的讀者把原書找來一對，果然全部是剽竊。從此這本小說就沒有銷路，竟至絕版了。奇怪的是，他的其他的小說也連帶地沒有了銷路，他的文名頓時一落千丈。終至他的名字在上海文壇上消失了。

一九四〇年，他被人暗殺而死。有人說：他是一個地下工作人員。其眞實的情形，不得而知。

〈中庸〉裡有一句話說：「不誠無物。」這話乍聽似乎不容易懂；可是如果引穆時英的小說作爲說明，我覺得倒是一個很明顯的事例。

三十年代，尙有兩個作家，在當時也曾紅過，一個是張資平。他是廣東梅縣人，日本帝國大學畢業，初習礦學、地質學，後來從事文藝，是創造社的幹部。他以善於描寫三角戀愛、女性的性慾吸引靑年的讀者，說女人的性慾衝動比男人強。他的小說曾經轟動一時，是一個多產作家，又在大夏大學教「小說學」，甚爲靑年所崇拜。作品有《沖積期的化石》《最後的微笑》《飛絮》《苔莉》《愛的焦點》《不平衡的偶力》《群星亂飛》等。平心而論，他的作品，文字優美，多趣味性，並不壞，缺點就在千篇一律。魯迅戲把他的小說的精

華提煉出來（見《二心集・張資平氏的小說學》），獻給那些傾倒崇拜的讀者們，那就是——△

到了抗戰時期，他的黃色作品已不再受人歡迎了，結局竟投靠僞政權，淪爲漢奸。

另一個是章衣萍。他是被林語堂譏爲開口就說「我的朋友胡適之」，最喜自我標榜的作家。安徽績溪人。以色情文學起家，《情書一束》一書曾風行於書攤上。其他尙有《青年集》《友情》《深誓》《枕上隨筆》《窗下隨筆》《種樹集》《古廟集》《看月樓書信》《作文講話》等。他曾在暨南大學任教，據說每學期都要對選修他的課的學生請一次客。時常請假，或請人代課。我的朋友董每戡就代過他的課，後來學生向他表示，希望他長期代下去。可見章衣萍的書也教得不靈光。

叔本華在〈讀書論〉裡說：「平凡的作者所寫的東西，像蒼蠅似的每天產生出來，一般人只因爲它們是油墨未乾的新書，所以愛讀，眞是愚不可及的事情。這些東西，在數年之後，必被淘汰。」少看像這樣忽起忽滅的作家的書，決不會嫌太少，因爲我們的時間和精力都是有限的。

姜亮夫

大約是民國二十一年的夏天吧，我因為有一點事，由親戚郭先生介紹，想轉託姜亮夫先生替我寫一封信給某教授。

我帶了郭先生的介紹信，上午九點鐘，到上海福州路大東書局編輯部，去拜訪姜亮夫先生。我登上二樓會客室，把信遞了進去，一會兒他出來了，是個中年人，穿著藍色的長袍，短頭髮，戴著一副深度的近視眼鏡。態度安詳而誠懇，對我說：

「請等一會兒，……我就去寫信。」接著，又用右手指著椅子，說：「請坐吧！」

我坐在會客室裡的椅子上等，心裡想：文人寫一封信，應當是一揮而就的，不到幾分鐘就會寫好了。……手頭沒什麼報紙可以翻翻，就枯坐著等一下吧。……我看看壁上的掛鐘，長針指著九點三十……四十……五十……還沒有看見他出來。我想，也許他忙著先做別的事，然後寫信。……到了十點，依然沒有動靜。……我懷疑：莫非他事冗，忘了寫信不成？想進去問一聲，卻又不敢。……時間一分一分地過去，我心裡遲疑，焦急不堪，不知如何是好……呆呆地望著窗外，又望望時鐘，無聊之至。

最後，我帶著絕望的心情，膽怯地向裡面編輯室的門口探望，一點響動也沒有，我只得又回到原來的椅子上坐下。……看看掛鐘，已近十一點了，這時卻看見他微俯著身子，手裡拿了一封信，從裡面慢慢地走出來。我接了信，厚厚的一封，道了謝，同時深深地一鞠躬，就走下樓梯，踏上歸途。

半路上，我懷著好奇心，把他那封厚厚的開口的信抽出來一看：原來有四張信紙，用毛筆寫的娟秀小行書，密密齊齊地寫著。上面幾行是說到關於我的事，其餘都是他自己的近況，以及答覆友人最近一年來的種種瑣事。看起來他已經很久未和這個友人通信了，這封信眞有點像白樂天〈與元微之書〉那樣的覼縷詳細呢。

從此在我的印象中，姜亮夫是一個非常淵博而且細心的學者。後來在臺北看見市面有一本《屈原賦校注》，作者的署名是姜寅清，我就懷疑他可能就是姜亮夫。等到《楚辭書目五種》這本書在臺北出現後，從前面的序文眞的證實了姜寅清、姜亮夫是同一個作者。但是對他的生平經歷，我卻毫無所知，也無從查起。

偶然翻閱《木鐸》雜誌(七十三年五月),看到一篇周傳儒的〈王靜安傳略〉,後面附有〈王門弟子錄〉:共有十人,作者自己就是十大弟子之一,另一位的名字特別觸目,就是:姜寅清!附錄中說,他是雲南人,號亮夫。專治敦煌學、《楚辭》、中國文學。……哦,原來他是王靜安氏的高足,怪不得這本《屈原賦校注》寫得這樣的精細完備。此外,商務還有一册《歷代名人年里碑傳總表》,也是他編的。據作者在序例中說,該書經八、九年才編成,所收歷代名人,以及僧道、閨秀,達一萬兩千餘人。這是一部很切合實用的工具書。而序例中又提到章太炎曾經供給他一些祕本資料,說他自己也是太炎先生的門人。我想作者如果現在仍尚健在的話,應當已是年近九十的高齡了。

一般精細的作家,下筆之前必定再三思索尋討,而成書自然緩慢,產量就不會多了;而作者則不然,他歷年孜孜不苟不斷地編寫,確實寫了不少的東西,這眞是難能可貴。(也可能和他的職業編輯有關。)可惜作者仍有其他的手稿,如《六續疑年錄》等,似乎尚未出版。

我檢討自己寫作的毛病,也就在過於愼重,失之遲拙。一個朋友曾批評我說:「你是一個慢動作而急性子的人。」實在是一語道破了我的缺點。

東晉時的名臣謝安,以遲緩聞名。他高臥東山,朝廷屢次徵召他,他都置之不理。年紀過了四十，才應大將軍桓溫之召，出來做司馬。有一次，桓溫去訪問謝安，剛好他在梳頭。他慢慢地梳好了頭髮，才叫人拿衣服頭巾來。桓溫連忙阻止他，說：「何必這樣麻煩呢？戴著便帽出來相見就好啦！」淝水之戰的前夕，謝安和他的姪兒謝玄在下棋，賭一座別墅。後來謝玄大破苻堅的百萬軍隊，有驛書送來，謝安正和客人下棋，他拆開信看了，就擱在榻上。客人問道：「戰事如何？」他淡淡地回答說：「小兒輩大破賊兵。」了無喜色。不過他後來回到內房，走過門檻的時候，卻折斷了屐齒。可是以他這樣的才情，留下來的作品卻是寥寥無幾，零星的短篇僅散見於《晉書》、《世說新語》注及法帖中。（《隋書・經籍志》說有文集十卷，今不常見。）桓溫稱他的作品爲「安石碎金」，他眞是太「惜墨如金」了。

朱自清自號佩弦，據他自己說，是取《韓非子・觀行篇》「董安于之性緩，故佩弦以自急。」之意。因爲他覺得日子逝去太匆匆，太可怕了，假如不趁早快速地寫，多多地寫，就怕寫不成了。這就是他取這個「佩弦」別號的用意所在。他身後留下來的詩文，全部收集起來，加上日記、書信，共有二十八種之多，也總算是很可觀了的吧。

大陸學人的回響

——姜亮夫自杭州來信

二月間，《中央日報》轉來一封美國賓州大學研究生李武君的信，裡面說：

……您回憶姜亮夫先生的文章在《中央日報》發表後，我曾影印了寄給他。現姜先生有信給您，因不知您的地址，故請《中央日報》轉交。接此信後，望覆我一信，以便把他的信轉上。……

我記起，前年四月間，曾在《中副》刊登一篇〈姜亮夫〉（七十七年四月十八日《耳聞眼見散記》之一）的短文，是記述幾十年前在上海拜訪姜亮夫先生的舊事；如今，姜先生居然寫信給我，眞是喜出望外了。

不久，他的信轉寄來了。

打開一看，一張變黃了的稿紙（當中一行印著「成均樓叢稿」綠色字樣），寫著密密麻麻的行草，大約有一千多字。因為原子筆不大好，有的字看不清楚，甚至於沒有字。我把它放大了看，才完全辨認出來，其中有漏掉幾個字的。茲節錄他的來信在下面：

天華先生青及：

我一個在美國讀博士學位的朋友，從他的學校看到您為我作廣告的文章，特地複製了十份寄我，當時卽想覆信，不幸一個禮拜後，我夫婦二人都重病，各人住入一個醫院，一年多，她先我而走了。……人生如夢，我仍在夢中。但已八十九了，再過五六個月，同學們要為我祝九十大壽（閣下在那篇文章裡已猜中了），一個孤寡老頭，還有什麼壽可做？

您說到的民國二十一年相會的事，想想是有這回事。但信給誰寫？寫些什麼？確一點也想不起來。但您說從九點等到近十一點才得到信，現在深深的向您「道個歉」。（這個年頭大陸最流行的一種說法。）一笑。……

至於您告我看見臺北翻印的我的書，我也早有所聞。……

現在我有兩件事想拜托您幫忙：一、是臺方翻印我的書，除《屈原賦校注》四種外，還有些什麼？二、是要領這些書的稿費，要些什麼手續？我現已九十，告老不得還鄉，得預籌一點養老金，就指望在這一點上（原信行旁加圈）。請您寫李武轉，如何？……我這樣大膽的妄為，罪甚罪甚。特此，即請

道安！

姜亮夫自杭州

反覆地看了這封信，使我感慨不已。古人是窮愁著書，今人則著了書依然一身窮愁。像亮夫先生，他是一個敦煌學專家。信裡說：他曾經赴歐洲三年，參觀巴黎、柏林、倫敦等處的博物圖書館，帶回了三百件敦煌卷子照片，寫成《敦煌——偉大的文化寶藏》《瀛涯敦煌韻輯》《莫高窟年表》等書。又在河南大學、東北大學、雲南大學、西南聯大、英士大學等校任教多年。……變亂以後，來到杭州教書，一面整理修訂舊稿，出版了《楚辭通故》等二十餘種書。（我尚未查出詳細書目，這裡只好暫且從略。）

亮夫先生這樣辛苦地筆耕，數十年如一日，到頭來贏得兩袖清風，一介寒士。目前他寓居在杭州一條陋巷裡，已三十多年了，只有一個小外孫女跟他同住。古人說：「惺惺惜惺惺。」——這句話對我來說，自然不配，姑且借用一下吧，請讀者不以辭害意就好。我在這

兒以萬分的熱誠懇切的心，大聲呼籲：希望有大出版家或大書局，能夠把姜亮夫先生的重要而有價值的著作翻印，流佈出去，尤其是有關敦煌文物的書，並且預支一些版稅寄給他；這樣，不但於傳播發揚文化有益，也藉此可以提升今日過分沉溺於物質的社會的風氣。

這篇文章題目既然是〈回響〉，自然應該及早刊出，只因近來我的心境惡劣蕪雜，懶於把筆。長女瞻遠，在夏威夷忽然病倒了，十分沉重，我的太太從休士頓趕到那裡去看護她。她在病榻上徒然掙扎了幾個月，終至於不起。……在電話中聽到我太太悽慘的哭泣聲，我雖然密雲，可是內心眞如被刀割一般。年輕的人竟溘然長逝，如何不叫人傷痛呢？我又想到亮夫先生的夫人陶秋英女士，她是一個畫家，吳江人，曾任教於杭大，四年前患癌症過世。亮夫先生信中再三提及此事，可見他的懷念之深。我對於他們晚年坎坷的遭遇，不禁悵然引起同病相憐的感觸。因草成這篇短文，且聊以自慰。

姜亮夫九十壽辰

——〈大陸學人的回響〉之餘

接到姜亮夫先生的女兒昆武女士來信，並附照片二幀，著作要目一份，知道亮夫先生於今年五月六日在杭州家中慶祝九十大壽。這眞是使人欣喜的事。

我在前年那篇〈姜亮夫〉短文裡提到他的生平，只參考周傳儒的附錄，太簡略了，現在根據她寄來的資料，應該加以補充，我想關心他的讀者定會樂於知道吧。

姜亮夫，名寅清，以字行。一九〇二年五月出生于雲南昭通。早年卒業于成都高等師範學校，後來入清華大學國學研究院，得王國維、梁啓超、陳寅恪諸名師的指授，博研群籍，復問字于章太炎先生，學益精進。三十年代遊學巴黎，又學習西洋人文學說，此後治學的氣象比前更宏闊了。一生勤于述造，著作等身。大抵以小學立根砥，以史學致宏大，而尤湛深于《楚辭》與敦煌學。歷任暨南大學、復旦大學、東北大學、雲南大學……杭州大學等校教授。曾任中國屈原學會會長，中國敦煌吐魯番學會語言文學分會會長。現任杭大古籍研究所所長。雖已壽登耄耋，而誨人著書，仍略無倦懈。

他的著作，已出版者，計有二十四種，依照出版的先後，列於下方：

1.詩騷聯緜字考（一九三二）2.中國聲韻學（一九三三，臺灣進學書局翻印）3.夏殷民族考（一九三三）4.文字樸識（一九三五）5.中國歷代小說選（一九三六）6.歷代名人年里碑傳總表（一九三七，臺灣商務翻印）7.瀛涯敦煌韻輯（一九五五，臺灣鼎文翻印）8.敦煌——偉大的文化寶藏（一九五六）9.陳本禮楚辭精義留真（一九五六）10.屈原賦校注（一九五七，臺灣世界翻印）11.陸平原年譜（一九五七，臺灣商務翻印）12.張華年譜（一九五七）13.楚辭書目五種（一九六一，臺灣泰順書局翻印）14.楚辭今繹講錄（一九八二）15.古文字學（一九八四）16.楚辭學論文集（一九八四）17.楚辭通故（一九八五，齊魯書社）18.莫高窟年表（一九八五）19.敦煌學概論（一九八五）20.屈原賦今譯（一九八七）21.重訂屈原賦校注（一九八七）22.敦煌學論文集（一九八七）23.昭通方言疏證（一九八八）24.瀛涯敦煌韵書卷子考釋（一九九〇）（以上臺灣翻印書局，均照大陸寄來的著作要目錄出。）

昆武女士的信裡說：「臺灣書局翻印了不少家父的著作，……雖然這類學術的書，銷路有限，可是海峽兩岸如今既已通郵，臺方書局不要說版稅一文也不提，連樣書也沒寄一本，這使著者的心中不無耿耿。……我們也只是想得到應得的一些權利而已。」

她這些話，眞使我慚愧死了！這些年來，臺灣翻印書籍（說得露骨一點就是盜印）的風氣，確也太猖獗了，妨礙了正規書的銷路。（因爲盜印本沒有版稅，成本低。）我曾經爲亮夫先生在臺翻印書的版稅事打電話問幾家書局，只有商務印書館答應依照規定付給版稅；世界書局則說：「對大陸書的版稅，本局目前尚未開始。」其他的小書店更不必說了。……

我們的出版業者啊，我以極誠懇的心，希望出版業諸君能夠自律，尊重作者以及他們的心血的結晶，尤其是大陸的作家，雖然數量甚少，微乎其微，也應該讓他們享有權益，付給他們應得的版稅。

我在慚愧之餘，拿起亮夫先生九十壽辰的照片（參見圖十七），仔細察看：他那張申字形瘦削的面孔，戴著一副深度的近視眼鏡，還彷彿留著五十多年前在上海大東書局編輯部初次會面時的影子，只有牙齒鑲過了，笑時露出不自然的牙齦，和以前有明顯的不同。奇怪！經過那麼悠久的歲月，竟沒有太多的變化，怪不得他會長壽。

他曾自說他的治學態度，是以人類文化學爲獵場，以中國歷史（社會史）爲對象，用十分精力搜集資料，以語言學爲基本武器，又時時與自然科學相協調，這是他做學問的祕訣；而抓住一個問題死咬著不放，是他的用力方法。他眞不愧爲王國維和陳寅恪的弟子啊。在另一幀照片裡，他們的家中壁上掛著一副他自己撰寫的對聯，云：

深沉邃密博雅
剛健篤實光輝

我想，這大概是他自道自己所欲追求和造詣的境界。……再看他那幀九十壽辰的照片，跟他的寶貝外孫女祖韻和喜氣洋洋的祝壽花籃擁倚在一起，臉上露出開心的笑容，這時候，他必定完全忘卻一切外界的紛擾和生活的慘淡，而心裡感覺著充實與光輝。

昆武的信中又說：「家父現已年屆九十，但仍在帶博士生。體質雖然不佳，但頭腦還很清楚，只是目力極差，著述等事，多是我和助手協助爲之。」

大陸自經此浩劫後，篤實淵博的學者文人，甚多被摧殘，留存的有如晨星寥落；像亮夫先生，眞可說是碩果僅存了。我在這裡謹祝他老人家多多保重，超越期頤之年，而臻於上壽。

末了，我要提到一件事。我那篇〈大陸學人的回響〉在《中副》刊出後（五月三日），第三天就從報館轉來一封臺中徐蕙芳女士的限時信，說她看了我的文章，驚悉姜亮夫先生有喪偶之痛，她和陶秋英（姜夫人）是童年好友，既悼念與好友人天永隔，又關切亮夫先生的晚景淒涼，要我告訴她他們杭州的住址，以便致函弔唁。我隨即以限時信回覆她。我因此在想：世界雖然遼闊，兩岸雖被海峽隔絕，但是人間互相關切的心，從來不會因而中斷的。惟有靠這關切，靠這同情，這個世界才會得到溫暖，和平，人們才能過安寧快樂的日子。

吳淞江畔

吳淞中國公學，瀕臨黃浦江與長江匯合處（參見圖五），當漲潮的時刻，浪花拍擊著江畔的堤防，人在上面散步，飛沫輕輕地濺著你，使你感到無限的清涼，難得的悠閒。我相信，凡是到這所大學來念書的，幾乎沒有人不是被這江畔的勝景所引誘來的。

那時候，我只是一個儍小子，除了愛好文學外，一無所知。開學的那一天上午，我闖進大禮堂。早已座無虛席，我只好站在後面。一會兒，臺上出現一位老先生，前面的頭髮已禿，只留下後面的一撮。穿了一件黑色的布長袍，足下布鞋，兩隻褲管都紮起來。我正在懷疑，這個老者可能是一個書記，他怎麼會跑上來呢？這時下面掌聲雷動，歡迎這位老先生。我聽到旁邊的一個同學說：「這是馬校長。」我才恍然大悟，同時也深深感到慚愧，既然到這個學校來念書，竟連校長還搞不清楚，眞是笨透了。可是他的音量低，我又站在後面，聽不清楚他所講的話，只好站著看看熱鬧了。

馬君武校長是廣西桂林人，德國柏林大學工科博士，精通德、英、日諸國語文，又愛好文學，以歌行體譯拜倫、席勒諸家的詩，並譯有達爾文的著作。後來他又曾經在報上發表過轟動一時諷刺時事的〈哀瀋陽〉詩：

趙四風流朱五狂，翩翩胡蝶最當行；溫柔鄉是英雄塚，那管東師入瀋陽。（二首之一）

其實，他卻是一位極端樸素的學者。一個大學校長可以自備汽車，馬校長可絕對不要汽車。他的寓所在寶山楊行，他每天到學校，是坐黃包車或獨輪車來的。我那天之所以誤會他是一個書記，就是因爲我看見他坐獨輪車來的。

馬校長開的課是「文化史」，聽講的學生像胡適之校長開課時一樣，也是非常多，所以地點仍在大禮堂。胡校長講的是中國近代文化史，馬校長改授西洋近代文化史。所講的內容完全屬於近代科學發展方面的，比如在那年什麼人有何發明，再把經過、演變，以及功用，源源本本，依次講述清楚，使你對現代科學的發明有了整個的了解。馬校長跟胡校長一樣，不發什麼講義，要學生自做筆記。馬校長的知識很廣博，講時沒有任何底稿或課本，全憑記憶，只將人名等特殊名稱寫在黑板上。用功的學生必須先佔坐位，坐得太遠，就聽不清楚了。我們都知道，有一位江同學，長於做筆記，他的筆記既有條理，又完備，記好後不須再加整理。每當下課的時候，就有風姿綽約的女同學，向他搭訕，問他借筆記抄，而他也從來不會拒絕的。

教授的陣容是蠻不錯的，但是有的課程我已經模糊不清了。……揀幾個鮮明的來說說吧。施蟄存開的是「文學批評」。他的短篇小說集《上元燈》我是看過的，覺得詩詞味很濃。他那時正和魯迅展開「筆戰」，他在一篇文章裡主張：青年們不妨要讀一些古典作品，如《文選》《莊子》和 *Essays by Elia*（《伊利亞隨筆》）。魯迅嗤笑他有「洋場惡少的習氣」，意思是笑他附庸風雅與崇洋。施蟄存生長於杭州，後住蘇州、松江。他的國語說得很流利，樣子也很清秀，服裝整潔，可是仍舊使我想起「洋場惡少」的形象。他的「文學批評」我聽了沒有深刻的印象，我覺得一般的名作家，教書不一定教得好。倒是他的一篇歷史題材的小說〈鳩摩羅什〉，寫靈與肉衝突的痛苦，驚心動魄，給了我不少的震撼力。

鄭振鐸的「中國文學史」，我沒有機會去聽，很可惜；可是我從一個曾聽過他的課的朋友那裡得知一些情況。鄭振鐸雖然是福建長樂人，因為久居上海一帶，所以國語說得很標準。他是「南人北相」，個子高大。他的好友周予同曾批評他說：「振鐸是我們朋友中生命力最充沛的一位。」他確是一個喜歡突破的學者。課本是用他自己編的《中國文學史》（商務版），進度很快。因爲他一定要講到明、淸小說那一部分才停止。他上課的時候，有一句口頭語：「非常有趣。」每當他介紹一本好書，或講到一個感人故事，都會說：「非常有趣！」他講文學史，不但資料豐富，他的見解也多超越而精彩。他對於唐、五代以來的俗文學，明、淸小說，以及插圖等等，好多都是第一手的資料，眞是難得。他自己認爲有些是無價之寶。有一次，我到四馬路那家很大的舊書店看書，我偶然翻到有幾本書扉頁上蓋了「西諦之章」。我好奇地向那店員問：「這是鄭振鐸的藏書，怎麼會落到你們這裡來呢？」「不錯，」那店員回答道，「因爲他向我們買一部海內孤本元曲抄本，價錢很貴，他沒有那麼多的錢，就把自己一部分重複的書賣給我們了。」於此可見他對於蒐求珍本書籍的狂熱。

中國文學系主任原來是陸侃如，陸到安徽大學去了，繼任的是李靑崖。他是留法的，回國後專門翻譯莫泊桑小說。我選修他的「文學概論」，他採用章錫琛譯的本間久雄的《文學概論》爲教本。他自然提到莫泊桑，說他是寫實派，他只把問題提出來，便戛然而止。至於小說的含意，是要讀者自己體味出來的。他要學生交的「習作」，限定爲三百字以內，超過者一概不收。這辦法使得一些同學們叫苦。

我把他翻譯的九本莫泊桑小說集都看了，覺得很有興趣。聽說他的翻譯很愼重，碰到有疑難的地方，就把原文寫在譯文旁邊，慢慢推敲。我後來找到一部英譯本 *The Complete Short Stories of De Maupassant*，非常完備，幾乎莫泊桑所有的短篇、中篇小說都在裡面了，大約有三百篇。在這部英譯本裡面，我看到不少的精鍊奇特的短篇，有好多是李青崖教授所未翻譯的。我專心地在看這些題材廣泛、刻畫絕妙的小說，我從閱讀小說中得到了很多的樂趣。……

民國二十一年一月二十八日早晨，我和趙、董兩個朋友一同吃早點。報紙上赫然刊出一條標題：「今日上海危。」「也許沒什麼，不過我還是要到上海去一趟。」趙君這樣對我們說。那知下午事態就顯得嚴重了，東一堆，西一堆，人們聚集著，在低低地談論。

當天夜晚，閘北方面傳來了鎗砲聲，也看見了紅紅的火光。日軍夜襲閘北，戰事爆發了。我怕學校的宿舍會被炸，不敢回去睡，就在董租來的民房裡過夜。夜裡聽到沉重的砲聲，心裡交織著憤怒、恐懼、懊悔、淒涼種種複雜的情緒，一夜不能入睡。

第二天一早，我拉著董君，到吳淞鎮碼頭去找機會。果然有兩個人走過來，手提小提箱，神祕兮兮的。我問他們：往哪裡？兩人都不作聲。我們跟了他們，上了一隻舢舨，划到一艘汽船旁。我們上了汽船，每人付了兩塊錢（幸虧我存有五塊錢，沒花掉），很順利地到達了上海租界。我們總算脫險了。

不料戰事才停，我們的學校卻被燒燬了，我們也從此沒有機會再回到吳淞的舊校了。足足有一、二年，我曾經沐浴在學術自由的風氣裡，沉浸在濃郁的文藝氣氛裡。這些懶散自在的日子啊，我該知道珍惜才對。

誰是迂夫子

一般人背後常會把年紀稍老的國文老師（男性的）稱做迂夫子，認爲他們的頭腦多少有點冬烘；然而我卻以爲不盡然，迂腐不迂腐也是因人而異的。下面這位老先生，到底是怎麼樣的呢？

那時正當抗戰的初期，我在沿海的一個學校教書。令人憂心的是，日軍隨時會有登陸的可能。剛好江西方面有教員的缺，我決心要遠離沿海地區到那裡去；使我感激的是這個學校的校長對我特別諒解，半途竟准我辭職，說：「只要能夠找到一個適合的代課教師就好。」於是我想到去看親戚張荊玉先生，他曾任馮玉祥的祕書，也教過書，筆下敏捷，毛筆字也很娟秀。

他是一個矍鑠硬朗的老先生，年齡大約六十出頭，沒有一點龍鍾老態。我請他替我代課，他竟欣然答應了。

「這還是民國初年的事呢，」他望著窗外的遠空沉思，顯然引起了許多的回憶：「我在師範學校教書，教的是國文。……」

「您那時候是怎麼教的呢？選些什麼教材呢？」我好奇地問。

「像《昭明文選》啦，唐宋八大家古文啦，還有《古文辭類纂》《古文觀止》等，都要選教一點。我的教法呢，先誦讀一遍，學生在下面加圈點；然後講一篇的命意、布局、作法……還有釋義。最後叫學生朗誦。大概兩小時教完一篇。」

「請問，您怎樣評改作文呢？」

「嗯，……一班只有十來個學生，」他有點得意似地說，「他們一邊交，我坐在講臺上一邊改，兩個鐘頭內，他們交完了，我也改好了。……倒很輕鬆。……不過下次上課前，我必須自己作一篇示範，謄寫油印出來發給學生們，揣摩，揣摩，……」停一會兒，他忽然微笑著，用他的手指敲著椅子的扶手道：「那時候，學校發薪水有點特別：休息室裡兩旁掛著一串串的錢，每位教師上完課要離開時，算算自己上了幾堂課，就拿幾串錢。完全信任老師，倒也公平。假如不來上課，那就沒法領到錢了。」

「這是鼓勵教師不請假的好辦法啊！」我半開玩笑地說。

……我到江西以後，接到家鄉朋友的來信，說：張老先生代理我的課，很勝任愉快。而且學期結束後，校方還發了下學期續聘的聘書給他。……

這位張老先生，你不會稱他爲迂夫子吧？

舊同事孫選青先生曾對我講關於夏丏尊在浙江一師任教的事情：

「那時夏丏尊剛從日本回來，在浙江一師任教，我跟他是同事。他起初只教日文，後來也兼教一班國文。他雖然據說是秀才出身，可是對功課也得預備一下，遇到典故或有疑義的地方，還要翻檢原書。當時索引的工具書還不完備，有時候苦於一時記不起來，同事中有一位某老先生，淵博強記，他就謙敬地去向某老請教，——你猜那位老先生怎樣對他？……」

「……他不肯告訴他，是不是？」我遲疑了一會兒，說。

「哼！不但如此，並且還半諷半訓地說他：『丏尊，我勸你就教教你的日文算了吧，何必又教國文呢？你要知道，古今書籍浩瀚，汗牛充棟。書到用時方恨少，古人眞說得不錯呢！』」

「這個某老先生也未免太使人難堪了。」我替夏丏尊抱不平。

「丏尊倒也不在乎，」選青先生接著說：「他照舊孜孜矻矻地教他的書，實事求是，毫不苟且。他又有日本、西洋文學的基礎，在編譯方面也下了不少的功夫，所以啊，不到幾年之後，他編著的《文章作法》《文心》《閱讀與寫作》《開明國文講義》等書都印出來了，翻譯的小說《愛的教育》也出版了，風行全國，文名大震，他在青年之間有了很大的影響力。……他成了一個有名的中國語文專家，和重要翻譯者；而那位某老先生呢，卻始終沒沒無聞。……這是當初誰都料不到的啊！」

某老先生和夏丏尊兩個人，很明顯地，你會說誰是迂夫子呢？

最後我要講陸拜言夫子的趣事：

那一年在上海，失業很嚴重，人浮於事，聽說大學剛畢業的學生，在當地找到適合的工作的只有一個交大畢業考第一名的學生，——這話也許有點誇張，但是謀事之難卻是事實。我因為逸菴的介紹，勉強在一個私立中學找到小職務，偶然承乏兼幾個鐘點的課，總算有個棲身的地方。我住進一間教職員宿舍裡，原有四個床位，一個空著，我的床位就在靠門口的左邊。我於是有緣和陸拜言夫子以及另外一位英文教員王某朝夕相對了。

陸夫子是一個小癞子，高度近視，總有一千度左右，拿下眼鏡時，眼珠突出，現出很可怕的樣子。個子稍高，背有點駝，穿一件灰色的長袍，袖口油膩發亮，黃黃的指甲，留得長長的。平日似乎離不開煙，水煙、香煙，交換著抽。

他的床位橫放著，正對著房門，床前一張書桌上，幾乎堆滿了作文簿。角落裡還擱著一個小小的馬桶，說來你也許不相信，陸夫子在晚上或夜裡要坐在馬桶上「出恭」，一面悠然地抽著他的水煙呢。

他白天忙於上課，晚上批改堆在書桌上的作文；偶然抽空兒，跟我們聊聊天。聊的話很雜，自然也要談到男女間的事情，這時候他就會走去把房門小心地關好，怕被學生們聽到，尤其是他的獨生女，她在高二念書，常會來看他的。我發覺他把一本《西廂記》讀得爛熟，因爲他在這樣的時候，會有好多的《西廂記》中香艷的詞句，如「柳腰款擺，花心輕折，露滴牡丹開。」「羞答答不肯把頭抬。」……等句，脫口而出。他喜歡談一些風流韻事，但他自己沒有羅曼蒂克事件，就拿自家的閨房隱私來說說：「久別重逢，晚上老妻洗了一個熱水澡，全身香噴噴的，然後……和她『敦倫』一番。……」

「陸先生，您覺得這些學生的文章怎麼樣？」我聽膩了他那套風流佳話，想轉換話題。

「蕪雜不通！」他頓時板起面孔。

「總有幾篇寫得不錯的吧？」

「簡直是鳳毛麟角！……試問，古文沒讀好，白話文怎麼能寫得通呢？」他有點憤憤然。

「那也不見得是絕對如此……」我想回答他一句，可沒有說出口。

「古人說的不錯，要能讀破萬卷書，才會下筆如有神。」他興奮起來，大發他的高論：「像那位楊先生，就是那個常到這裡來滿頣鬍子碴兒的，他是唐文治的弟子，唐宋古文，《史記》《漢書》，無不精熟，眞稱得上是飽學之士呢。……像他這樣的人，才能寫出洋洋灑灑的文章，也才算是一位好教師啊！……」

「您評改作文很辛苦呢，」談話時，我老愛打岔，這是我的毛病。「我聽說名作家曹聚仁，他在上海什麼大學教國文，你想他怎麼改作文？他的改法很特別：就是將一篇文字用紅筆勾來勾去，只須稍微刪改一些字句，原來雜亂無章的文字竟變成清順可誦的了。」

「這也只是取巧而已，騙騙人的。試問一篇冗蔓荒謬狗屁不通的文字，如何能勾成一篇清順可誦的文章呢？」

「不過曹聚仁也是章太炎先生的弟子呀。」我輕輕地回他一句。

他不作聲，我的話，他自然聽不進去。他不在的時候，我曾翻閱那些作文簿，倒是塗抹刪改了不少，上面還批著一些評語：「忞冗蔓，少翦裁」「忞膚泛」「潦草塞責」「淺薄無聊」「詞語拖沓」「敍事不明」……等等。有一本裡面一篇記敍文，開頭原文是：「無力的夕陽……」，他用紅筆把「無力」兩個字圈掉，改成：「將要西沉的夕陽……」。我暗自搖搖頭，心裡想：「這不是疊床架屋嗎？」

「唉，現在的學生，國文程度確實太差了！」停了一會兒，他又感慨著說：「連散文都寫不通，哪裡還談得上做什麼對聯、詩詞呢？」

因爲做對子是他最擅長的一手，他最喜歡把人家的名字嵌成一副對子，題在紀念册上，所以就有許多畢業班的同學們紛紛來請他題紀念册，他常常以此自豪。但是學生也只是滿足他們的好奇心而已，他們看了一會兒後，就半懂不懂地收藏起來了。不過他的毛筆字實在不大漂亮，用禿筆淡墨塗鴉著，他自己也曾經引爲憾事。

一個深夜裡（他時常改作文改到半夜），我忽然被一陣啪啪啪的拍案聲驚醒了。

「該死，該死，眞該死！」他重重地拍著桌子，一面大聲罵。

「什麼事啊？」我睜開朦朧睡眼，在明亮的電燈光下，看見他從作文簿子裡拿出一個用黑紙剪成的大烏龜。

「你看該死不該死？他竟敢暗中罵我，說我是老烏龜！」他拿下眼鏡，氣得眼珠更突出了。

「我明天一定不去上課了，我要把這本作文簿連同這剪紙烏龜拿給校長看。……我下決心辭職不教了，回到老家灌園去！」

第二天早晨，他起身很晚，果然不去上課了。他拿起那本作文簿，就跑到校長室去見校長。校長曾在美國哥倫比亞大學研究教育，爲了維持「師嚴道尊」的傳統，非得訓斥學生一頓不可。他召集這一班，高三，全體學生訓話，從九點開始，一直訓到十二點。這樣「疲勞轟炸」，學生們的肚子餓癟了，受不了啦，最後願意派代表向陸拜言夫子鄭重道歉，請他明天仍來上課。那個剪紙的學生記了一次過。……這場風波總算告一段落。

這位陸夫子，你想想，可算是一個道地的迂夫子吧。

至於那位英文教員，對他我沒有特殊的印象，因此從略。

時代在急速地改變，舊時的迂夫子，已經漸漸地絕迹了；可是，……會不會再有新迂夫子出現呢？

超人和逸菴

我在上海求學的時期，遇到了兩個性格極端相反的朋友，使我大大地驚異。

超人是一個瘦削清秀的青年，眼睛大而突出，有點像金魚眼，炯炯有神。他的一切，如果用一個字來形容，就是「快」。在學校裡，早上上廁所要排隊。輪到他時，一進去，一會兒就出來了，快得很。火食是我們幾個人合起來在飯館裡吃，每頓每人付飯票一張。他一坐到桌旁，拿起碗來，一下子就吃完了三碗飯，坐在那裡等我們。走路，他一個人走在前頭，兩隻手抄在背後。只有聽覺不大靈敏，我在後面叫他，他老是聽不見。

他到過日本，懂點日文。修的是經濟學，對社會科學各方面都有興趣。看書呢，雖然不能說是一目十行，而速度是驚人的，也許可以說有一目兩行之概，一本書到了他的手裡，沒多久就看完了。他寫的字，字體向右邊傾斜，自然是潦草的，但尚可辨認。「我父親常常罵我，說我的字是短命字。」他這樣對我說，承認自己的字很差，不敢拿出來給人家看。我從來沒看見他寫毛筆字。每逢考試，他總是交第一本卷，大約十分鐘，至多十五分，可是分數卻可以拿九十幾分。有一次我問他：「時間還很多，你爲什麼不再細細想想呢？……你可以答得更好點。」他不經意地回答說：「快交慢交，在我都是一樣的；想不出來的東西，再想也是毫無用處的。」

我本來不知道自己的缺陷，自從碰到超人後，相形之下，覺得自己實在太慢，太遲鈍了，做什麼都跟他不上。有一個時期，我們又同住一間房裡，只有一張床，兩人同睡一張床上，各蓋各人的棉被。每夜，他一碰到枕頭，馬上睡著了；我呢，總是翻來覆去好久，才慢慢地睡著。他也不在乎。

他生長於偏僻的山地，離我的家鄉不遠，生活簡樸。曾經告訴我說：他們那裡的人，上廁所大便不用草紙，只用篾片一刮，刮得很乾淨。用畢，投到一個竹簍裡，等積多了，拿到溪水裡洗乾淨再用。我聽了，簡直不敢相信；用篾片當草紙，不怕把肛門刮破嗎？

他似乎很崇拜英雄，提到小說，他說他喜看《水滸傳》。「坐在水亭裡，吃一大盤牛肉，捧著海碗喝酒，多神氣！」我常聽到他這樣說。

「超人，像你這樣筆下敏捷，畢業後到報館做記者或編輯，倒很適合的。……你說對嗎？」有一天，我忽然想到，對他說。

「唔……」他只淡淡地應一聲，他一向是不大說話的。

果然，畢業後，他在南京一家報館任編輯。每夜十二點到報館，坐在辦公桌前，桌上擺著當天發生的事件的資料，他將資料翻閱了一下，擬定了一個題目，拿起筆來，一揮而就寫成一篇三百字的短評。就這樣，他的工作算是完了。他摘下掛在壁上的帽子，戴了就往外走。其餘的工作都可由助理來處理。

抗戰期間，他以記者的身分到延安訪問，寫了《延安一月》一書，曾風行一時。這本書不但使他成名，也使他獲利。聽說，他得到一筆相當多的稿費後，結果是跟家鄉「父母之命」的妻子離了婚，和一個女記者結婚。

我曾經寄了幾篇極短的小品投稿，很久沒有消息。許多年後我才知道文章是登出了，只是我沒看到那家報紙，以爲不被採用；但從此我們之間的音訊竟隔絕了。

和超人截然不同的另一個朋友叫逸菴。他平時沉靜寡言，遇到生客，他常是坐著諦聽，間或點頭微笑；偶然應答幾句，又總是用和悅的聲音，回答得非常得體，因此人家對他第一次的印象多是：「這個人不錯，好像很有學問。」

吃飯時，我看他總是細嚼慢吞，這是他的明顯的特點。他的態度穩重老練，朋友之間假如發生了什麼解決不了的事，常要請他設法。

有一個時期他閒著，沒錢用。《時兆月報》有一個徵文，題目是：「一封戀愛不忘革命的情書」。他裝作一個女性的作者「春燕女士」，用娟秀的字體寫了五千字的稿子寄去應徵。結果得到了第二名，接到一筆獎金。他的通信處是由我轉的，幾天後武昌什麼軍校有一個學生，以爲「春燕女士」眞的是一個多情熱烈的女性，竟寫信來向她求愛。逸菴覺得好玩，仍假裝「春燕女士」跟他通信。這個學生很傻，竟想趕到上海來看她。我們覺得事態太嚴重了，只得藉口說要回鄉下去，不會再來上海，才把他斷絕了。

雖然他和人相處，通常是不露聲色，但偶然也有暴躁的時候。有一次，一個輕浮的朋友，跟他開玩笑，這人有一個壞習慣，就是愛在談話中夾著「他媽的」三字經，眞出人意料，他竟重重地打了這人一個巴掌。

他也去過日本，愛好日本的文學。他不但舊文學的基礎好，毛筆字也蒼勁多姿。初學翁松禪，後來喜歡宋人米友仁、蘇東坡的墨蹟。

不久，他到一個私立中學教書，頗得那個學校的校長的器重，因爲那校長是喜歡書法的。除兼職外，還教國文。他曾在北平讀書，國語跟上海話都說得不錯，上課之前，又有充分的準備，所以他教的課很受學生們的歡迎。可是教國文的老師，最麻煩的是改文卷，一班有五六十人，常被改文卷所困。有一個夜裡，他在改作文，拿起一篇文章，一看，通篇支離不通，簡直無法修改；他一氣之下，用紅筆把整篇文字勾掉。不料第二天文卷發下去時，卻有一個高大的學生走上來，打開他的作文簿，說：

「先生，我知道自己的文章不通，可是哪些句子不好，哪些字寫錯，哪些地方不錯，希望您能夠指示給我；像這樣用紅筆上下兩個勾，難道整篇文章，沒有一句甚至一字通的嗎？」他是校董的兒子，不怕被開除的。

「好，……我帶回去再看看。」逸菴想了一想，安和地說。

他花了一夜的工夫，把那篇作文細細地改削，總批之外，還加眉批，眞是改得「體無完膚」，差不多滿紙都是紅字。

「一班有五十多的學生，如果都像你這樣的文章，我怎麼來得及改呢？」他把重加改正的作文交給那個學生，略帶著責備的語氣說。

那學生的家長看到那篇改得「體無完膚」的作文，竟大加讚賞。他發了一個帖子，請逸菴在一家大飯店吃飯，席間並且把這本作文簿遍傳賓客閱看，客人們都齊聲稱讚。

「有這樣好的老師，你卻不知道用功，眞可惜！」那校董對坐在旁邊的兒子說，「你還不快向老師謝罪！」那學生站起來，向老師一鞠躬，又敬他一杯酒。

逸菴自己寫的文章不用說很不錯，只是寫得太少了。散文有〈驛和站〉等短篇，曾在什麼雜誌上刊登出來，文字和意境都極優美。我的作品，偶然經他修改，覺得受益無窮。

我在永安時，寓居於六角亭，環境汚穢荒涼，傍晚下著細雨，引起無限的旅愁。曾作一首絕句寄逸菴，他隨卽和了一首，寫在一張條幅上，附信中寄來：

休除蕪穢養旁條，
鷄㖡豚㕶不厭囂；
小立簷前心意廣，
隔籬風竹暮瀟瀟。

詩後跋云：

「溫台之間，呼鷄曰㖡，猪曰囡，吳音皆慢聲重言，向晚小村，遠近相聞。頃讀天華小詩，有『爭食鷄豚滿院囂』之句，愛其閑麗，用次其韻，以廣其意。」

他的詩和得太好了，叫我不敢把我的原作拿出來給人家看。（參見圖十三）

在我的青年時期，夾在這兩個極端不同的朋友之間，使我知道自己的遲緩和粗率；日子久了，不免也受了他們兩個人的一些漸染，因而使我漸漸地有所改進。

追憶趙元任先生跟他的演講

最早，我只知道趙元任先生是一個作曲家（因為那首流行歌〈教我如何不想他〉的緣故吧），國音專家；後來又在周作人的《自己的園地》裡看見他提到趙元任先生翻譯的《阿麗思漫遊奇境記》，說是「純白話的翻譯」，「一本很好的書」，我於是找了這本書來看，果然很有趣味，又能運用活的北平話翻譯，怪不得徐志摩也稱贊說：「我祇佩服一部譯作，那是趙元任先生的《阿麗思漫遊奇境記》。」從此這阿麗思譯本就經常放在我的書架上，成為我最愛看的書之一了。這童話的第二集《鏡裡世界》，也曾由他同樣地翻譯成靈活的北平話。去年我得到了一本，是在美國出版的。

曾經在什麼上──可能是報上看到：趙元任批評胡適之的白話文不夠白話，他說：「如果把胡適之的白話文錄音錄下來，再放出來聽聽，像不像說話？」的確，我們一般人寫的多半是半文半白的文章，像老舍的小說，曹禺的戲劇，用的都純粹是活的北方口語、土語，可眞不容易呀！我想，寫語體文應當以口語爲主，雖然文白雜出，有時候最能達意，——但是這也要看你寫哪一類的文字而定。

民國四十八年春天，趙元任先生從美國回臺灣講學。他是中央研究院的院士兼語言組主任，回國之前，報上登著胡適之（中央研究院院長）對記者的談話，說：「趙元任博士最近要來臺灣，在臺大講語言學、中國語法。」又說：「他記日記連續記了數十年，沒有間斷，這些資料以後應該非常有價值的。……」我當時看了這段消息很興奮，心裡就想，到時候一定去聽聽。

他在臺大講語言學是從二月二日開始，四月一日結束，共十六講。相隔三十多年了，有的事情都已經淡忘了，幸虧我還留著一批舊日記，連忙從塵封裡把它找出來。寫的雖是毛筆字，但記得非常簡略、粗心；雖然如此，卻總有一些線索可循。我憑著這一點的線索，漸漸可以從記憶的深處探尋出許多人物的形貌聲音來。

演講的地點是在臺大文學院一個古老的大教室，時間是每週一、週三下午四點到六點。二月二日，第一次演講，適逢星期一，天氣陰。我跟朋友趕到的時候，還不到四點，教室裡已經密密麻麻的坐滿了人，後來人越來越多，連窗外都站遍了人，眞是水洩不通了。我心裡奇怪：爲什麼不找一個更大的地方，如大禮堂？後來聽同事許世瑛說：「這種學術性的演講，開始因爲趙元任名氣大，會引來許多『看熱鬧』的聽衆，到了後來可能突然減少，如果在一個太大的地方舉行，以後聽的人少，會使得演講者覺得不大好的。」他的話果然不錯，後來碰到過年時節，有幾次聽衆確是寥寥無幾了。

正四點，沈剛伯、臺靜農、董同龢一行教授，還有趙夫人楊步偉，陪著趙元任博士出來了。一陣熱烈的掌聲歡迎他。他的身材比胡適之稍高大，雖然原籍是江蘇武進，但在天津出生，看起來有點像北方人的模樣。八字鬍，微黑的臉，額上有明顯的皺紋，戴著金邊眼鏡，背略駝，顯示出長時間伏案工作的學者的風度。

他對著一份講稿講話，這情形對一部分的聽衆是很稀奇的。我在這一天的日記裡這樣寫著：「他的發音很自然，聽起來很舒服。」他眞不愧是一個當代天才的語言學家啊。我對於語言學是外行者，我來聽講的目的只是想聽聽他的標準的國語。我從前有一個很密切的北平朋友叫李元慶，他是音樂家，他告訴我：我的國語只能說是「普通話」，距離標準國語還差得遠。所以我很有自知之明，可是我對學習國語的興趣卻不因此而減少。

第一天沒有用擴音器，他講話不是大聲地喊，坐在後面的人我想是聽不大清楚的。那時候丁邦新（現在是研究院的院士了）、鄭再發等都還是臺大的研究生，董同龢教授率領著他們在做錄音的工作。

他在黑板上寫著今天的講題：「語言學跟跟語言學有關係的些問題」。橫寫，向右邊低斜。他的粉筆字不屬於圓潤流利的那一類，而是近於方拙體，偶然也用簡體字，大概因為他多在國外教書，所以板書不宜於太草。這個講題裡有兩個「跟」字，曾經引起不少人的疑問。第二天有的報登的對，因為夜裡打了三次的電話去問過，沒打幾次電話的，就登錯了。據他的說明是這樣：第一個「跟」字是連詞，第二個「跟」字，是「跟語言學有關係」修飾語裡頭的介詞。他所演講的是語言，不是文字；如果是文字，第一個「跟」字也可以用「與」或「及」字。可是北平口語裡最常用的是「跟」，所以就讓它連用「跟跟」了。

這次演講，上一個鐘頭講一般語言學，餘下的時候，他就講第二講以後的題目跟各題的內容。最後他說：希望每次演講後留些時間給大家發問，問問對多數人有興趣的問題。

第二次演講在二月四日，講的是語音學。這次開始用擴音器，聽起來就清楚多了。

這以後恰好碰到舊曆年，停了十一天。我利用這段空閒，帶長女瞻遠（可憐她已於今春患絕症離開了人世，使我無限酸楚。）到南港中央研究院的圖書室抄《楚辭》參考資料，因為那時影印非常貴，特種藏書又不能借出，所以只好用手抄。在那兒我好幾次碰到趙元任先生，他在書架間穿來穿去，忙著找資料，預備講稿。他是一個多才多藝的人，無論他做什麼，不做則已，要做就非認眞不可，所以無往而不成功。

有一天上午，我到南港抄書，胡頌平送了一張字條來，介紹我去見胡適之院長。我去他的寓所裡，見到了。他對人很親切，向什麼人都有話可談；我送他一本我寫的書請他指正，他也送我一本《大陸》雜誌，裡頭有一篇他的文章〈說史〉。這是我唯一的一次單獨跟他晤面。

到二月十六日又恢復了演講，這是第三講，講音位論。這一系列的講稿錄音錄下來，經過他自己修訂，後來在臺大文學院出版了，叫做《語言問題》。這本書看到的人一定不少，我在這裡不必多贅。我想說的只是當時我自己所感受的愉快而深刻的印象，和輕鬆有趣的他的演講情況。

他天生有特別靈敏的耳朶，跟驚人的說話天才。他說某地方的方言，學得眞像極了。在演講的時候，他說了幾句臺灣話，使得本省人聽了都笑著說：「講得ㄐㄧㄚˋㄏㄨㄛ！」

他平時特別留意語言的口音。他說：「有人笑我說是：『胡適無往而不注，趙元任無往而不音』。」雖然是開玩笑的話，倒是很切合事實的。他認爲語音跟意義的關係完全是約定俗成的。他又說：「本地人對於他的語言是最高的權威。他說：『這樣說是我們這兒的話，那麼樣說不是我們這兒的話，我們沒有那麼說的。』這上頭他是最高的權威，不能跟他辯的。」

他說：一字幾讀的情形，是分讀書音跟說話音的不同，就是一般所謂「讀音」跟「語音」。不光是北方音，多數的方言如果有讀音、語音兩讀的，總是語音近乎古音，讀音離古音遠一點兒。北方「白」念ㄅㄛˊ就沒有念ㄅㄞˊ那麼古。

他有一個慣愛說的口頭語，就是「比方」或「比方說」，在他演講的時候，我常常聽到他說的。他每次來總是穿西裝，打領帶，但是偶然也有不打領帶的，到底是他忘了沒打，或者是有意不打，我可不知道。

關於外國語文，他說：「我對於讀英文跟讀中文差不多一樣熟。」這就是說：他自己認爲，他的英文跟中文的程度深淺差不多。除了英文之外，他還通曉德、法、俄、日等國的語文，和古希臘文、拉丁文。他所以對語言學發生興趣，據說起因於民國九年，那時候他在清華教書，英國大哲學家羅素來中國講學，請他做翻譯。(同時美國大哲學家杜威也在中國講學，是胡適之做翻譯。)當羅素到各地巡迴演講時，趙元任往往能夠以當地的方言口譯，而很受本地聽眾的歡迎。因此他於民十跟楊步偉結婚後，再度赴美，就在哈佛大學研究語言學。

四月一日是他的演講的最後一次——第十六講，講題是：從信號學的立場看中國語文。

他說：「……在語法方面吶，中國語言在世界的語言當中，算是比較容易的。中國三、四歲的小孩子，他在語法上，多半都沒什麼問題了。……平均說起來嘿，我覺得中國的語言在世界上，對於沒有學過任何語言的小孩子，可以算是中等，也不特別難，也不特別容易。……至於說中國文字方面，在世界上比起來就相當難了。我想只有日本的文字比中國文字學起來還更麻煩一點兒。……講到文字的難易，你得分學跟認跟用，這個不完全一樣。比方說筆劃多的字，寫起來是麻煩，可是認起來未必難認，有時候筆劃多的字，因爲富於個性，反而容易認。……中國語言大概是可以算是平均，也不比任何別國語言文字好，也不特別壞。……中國文字並沒有什麼太大的不標音的壞處，也並沒有什麼多少標義的好處。……」

那時候我聽了趙博士的結論，心裡對咱們中國的語言文字增加了更多的信心，這可以說是我這次聽演講的一點收穫。

翻閱我的日記，這一天關於演講我曾經記著：

「午後，聽語言學。有記者在拍錄影片子，把我們這一批老少學生都拍進去了。」

我記得當時聽的人很複雜，多數是青年學生，其次是中年的教師、作家、公務員、記者，極少數是老年人，如師大的程老夫子（發軔），據我所知，他幾乎每次都到的。跟我同去有張爲民，他是學音樂的；還有研究國音的那宗訓君，也常常碰到。

趙元任先生於民國七十一年二月二十四日在美國麻省康橋市病逝，享年九十歲，距離現在又是八個年頭了；算算他四十八年來臺演講的時候，距離現在已足足有三十一年了，而當時講堂裡頭那種融融洩洩的氣氛，跟他演講時瀟灑自如的神態，都還宛然如在眼前。……回想著這些前情後事，我不禁對這位偉大的天才學者興起無限的懷慕和嚮往。（參見圖十一）

我與白先勇

彷彿記得是在民國四十四年的夏天，一個傍晚，一飛兄來訪，說要介紹一個學生跟我補習。

「國文，能補習嗎？」我覺得奇怪，忍不住這樣問他。

「他是建中的高才生，可以保送到大學，他不是為了考試，只是想利用假期餘閒，對中國文學方面多學一點課堂以外的東西。……」他解釋說。

瑣碎的往事，如影子似的，在眼前忽隱忽現；我想追踪它們，把它們連接起來，結果卻越搞越凌亂，漸漸地黯淡了，消逝了。徒然感歎自己的記憶力眞不成啊！……忽然想起擱置在壁橱架上的那堆舊日記，馬上推開壁橱的門拿了下來，拂掉塵封，其中有兩本，用白粉紙裝訂的，是四十四到四十六年三年間的日記，翻開一看，這兩本日記，尚是用毛筆寫的，雖然所記的事極簡略，（忙的時候，常常不過一兩行，甚至於一兩句，）字跡卻滿清楚的。這堆日記，擱置在高架上已經好多年，沒被白蟻吃掉，總算是幸運。我不是什麼名人，預料身後這些日記，因爲沒有絲毫的價值，自然不會出版，可能還會當作廢紙稱斤賣掉，……但是現在自己來查考查考，倒還有點用處吶。

翻到四十四年八月，果然有了！……先抄錄我的日記兩則在下面：

「九日

晴。

上午，寫完短文，還得修改。……

陳永森君開始來補習。講王國維的〈自序〉一篇。」

「十一日

晴。

今天覺得比較舒服，發燒大概已經退了。抄稿。

下午，永森來補習，又帶了一個姓白的同學來，說：以後要一起跟我補習。這個青年的國文程度似乎很不錯，但他沉靜寡言，我沒有跟他多談。」

一飛兄介紹給我補習的是陳永森，這個姓白的同學，就是後來名震文壇的白先勇。要選些什麼教材，他們全沒有意見，都是由我決定的。我之所以首先選〈自序〉，是因爲我覺得名人學者的自傳，最能激發青年的意志，而王國維又是近代學者中頗具思想的人之一。不過我當時太忙，補習課老實說是勉強應付的，沒有充分的工夫預備。家裡沒有黑板，我怕光憑口講聽不清楚，只得把注解及補充資料寫了下來，上完課後交給他們拿回去抄。每次兩小時，每星期兩三次，就在我家前面的那間榻榻米的房裡臨時擺了一張桌子，三人圍坐著。——這個景象，到現在還是很鮮明地顯現在眼前呢。

我後來發覺，他們兩人之間的國文程度有一段距離，自然，白君是好多了。可是他只有聽受，很少問難，我只覺得他是一個文靜清秀而極聰明的少年，至於其他方面，我一點兒也不了解。

到了九月初，學校要開學了，補習也就結束了。在九月間的日記中，我曾這樣記著：

「六日

陰，下午微雨。……

午後，最後一次的補習課。一共講了十多篇的文章。送來報酬四百元。……」

日記的下面還寫著：他們去後，我的太太說，錢應該推辭一下，不要收，因是朋友介紹的，不好意思。我說：「已經收下了，也就算了。」況且這幾天手頭正拮据，何必太矯情呢？……

再翻到四十五年八月的日記，又有兩則這樣記著：

「九日

陳永森來，接洽補習的事。」

「十五日

晴雨不定。報載有颱風。

抄梁啓超的〈三十自述〉注解。

下午，陳、白二君來補習。」

這次補習的次數比較少，不久就結束，因爲他們已經高中畢業，要保送到大學了。

他們第三次（這是最後一次）來找我，是在四十六年八月間，我的日記上這樣寫著：

「七日

晴，熱。

上午，白先勇、陳永森二君來；白君說：還要跟我補習。又說：這回不必限於中國古典文學，不妨談一些文學方面我認為比較重要的問題。……約定補習的時間：每星期一、四下午四時到六時。」

這個時期，白先勇決心放棄成功大學水利系，轉考臺灣大學外文系，以符合他的志趣。因此他對中國文學方面，也要作更深入的探索。陳永森似乎沒有特殊的目標，多半是爲了陪他的朋友同來而已。

細查我的日記，這時以後，關於補習的事，只記了一則；而在我的記憶深處，卻因爲日記的線索，引出了些零星殘餘的印象來。

我除了向他們講現代散文的發展，介紹幾個名作家外，還選教幾篇東坡的小品、尺牘，名人小品，清人筆記……；關於寫作，我對他們講「如何寫作？」「寫作的態度」等等。白先勇曾經問我一個給我印象很深的問題：「要涉獵一些中國古代的文學，應該看哪幾部書好？」我的回答是《昭明文選》《古文辭類纂》……等書。我替他們改過幾篇習作。我覺得白君的文字清麗無比，意無不達，他的寫作的技巧已超過一般的水準。我鼓勵他多多去投稿，我卻不知道實際上他已經有作品在《野風》雜誌發表了。

此後我再沒有跟他們見面。三年後，我接到白先勇寄來的一本《現代文學》，翻閱了一下，這雜誌風格創新，編得不錯；但我沒有回覆他信（我一向懶於寫信），在他看來，會以爲我對他編的雜誌沒有什麼興趣，以後也就不再寄刊物來了。

他們到美國之後，白先勇攻讀文學，專心寫作，如朝日初昇，光芒萬丈。他的作品一部一部地出版了：《臺北人》《寂寞的十七歲》《孽子》……。我都買了來。我看了《臺北人》，驚爲奇才，心裡奇怪：自己以前雖然看出他對寫作有才氣，但卻預測不到他有如此卓越的寫小說的天才。……陳永森呢，聽說他不幸在美患鼻癌早逝，眞令我惋惜。我在電視上常常看到白先勇，在談他的舞臺劇，談他的小說，當年一個羸弱羞怯的少年，如今已成爲豪邁大方的風雲人物了。

在當代的作家中，我最喜歡兩家：白先勇（小說）和陳之藩（散文）。他們的文字都很美妙，意境高超，感性深沉，看後餘味無窮。〈我們看菊花去〉〈冬夜〉兩篇小說，我認爲都是好作品。〈我們看菊花去〉極具感性，令讀者震驚於命運之神的殘酷。黃慶萱君在《中國文學鑑賞舉隅》中析評〈梁父吟〉，結語說：「我個人偏愛的，卻是〈冬夜〉和〈梁父吟〉。」關於〈冬夜〉，我跟他頗有同感，這或許因爲我們同是教師，所以比較能「心靈相應」。現在重看這篇小說，想到最近發生的天安門流血事件，更有一番不盡的今昔的感慨。

我曾託金恆煒代寄一本我的散文集《湍流偶拾》給在美國的白先勇，不知金君有否寄去，白君有否收到？……我和白君偶然的遇合，可說是生命中一段極短暫的緣，如水上的浮萍，頃刻間便被風漂散；但在我，卻感覺到無限的欣幸和懷念。

找尋梁實秋先生的信

兼懷舊事

七月十九日《聯副》刊載林海音女士〈讀信懷往〉，說收到余光中、瘂弦同具名的信，徵集梁實秋先生書信眞蹟，擬出版梁氏書信集。她從她的書信收藏本中選出了數封，並且略作附註說明，先在《聯副》上發表。

「我或許也可以找出幾封來吧，何不找一找看？」我看了〈讀信懷往〉後，心裡在想，雖然我並沒有接到徵集的信。於是我連忙在我的抽屜裡、櫃子裡到處找。不像林女士那樣，編有索引，一找卽得；我的書房很凌亂，又有雨漏蟲患，書架屢移，信件資料，忽東忽西，沒有固定的存放處。找了很久，卻居然找出了兩封信來，總算難得。還有幾封，一時恐怕不容易找到了。我一邊在找，一邊許多年前的舊事不斷地湧上心頭。……我想：這樣的大熱天，尋找東西眞太累了！不如把心靜下來，先把找到的信影印一份，加上一些往事說明，投寄到《聯副》去，希望能夠讓讀者早點看到。

梁先生曾任中國公學教授，是我的老師。可是我進入吳淞中國公學時，他已經到青島大學去了。我跟他初次見面是在臺北師範大學。

那時候劉眞先生任校長，延攬梁先生擔任文學院長，兼英語系主任、教授。劉校長對他特別尊敬，惟命是從。我在國文系任教，常有機會看見他。他對事情極富正義感，偶然也會發點脾氣。背後也有人說他怪，其實這正是他的不同流俗處。他在師大卻頗具影響力。有一次他走到圖書館，裡面寂寂無人。「怎麼連一個人都沒有啊？」他大聲地喊著。過了很久，才有一個職員慢吞吞地出來。……這件事後來傳到劉校長的耳朵裡，從此圖書館的職員服務的態度改善了不少。

我所找到的兩封信，一封是他寫給謝冰瑩的，在民國四十五年八月。信中有提到我的事，所以留在我這裡。原信如下：

冰瑩：

繆先生事，宜先照規定辦理手續，然後在適當的時候我當全力幫忙。辦手續應與人事室接頭。

孟瑶住在浦城街二十七號，卽第二宿舍，樓下左手最後一間。

梁實秋頓首 四五、八、卅

所謂我的事是關於升等的事。國文系裡有好幾個副教授要升教授，但限於名額，只能提兩人。論年資，我最久，可是另外兩位是黨員，又在陽明山受了訓，須先提升，我只好再等一、二年，而我的著作出版已有一年多，若再等下去，就要過期了。我去人事室問陳主任，該怎麼辦好呢？他很熱心地告訴我：可以自行申請，由校方核准呈部云云。他又說：「校方最難的一關是文學院長，這一關通過了，校長是不成問題的。」我所以託冰瑩教授寫信給梁先生，（並請她勿口頭說，恐說不淸楚，且易遺忘。）開列我的年資、著作等等。我知道他會主持公道的。果然，我的升等不久就順利地通過了。

事後，我偶然碰到梁先生，他對我說：

「你的升等是應該的，因爲你的著作很不錯。」他指的是我的《離騷淺釋》和《九章淺釋》。

另外一封是在民國六十年四月間。我替復興書局主編一部《成語典》，出版後我寄了一部贈送他（那時他已經退休在家）。這是他收到《成語典》後的回信：

天華先生：

久未晤教，頃獲尊編《成語典》一冊，欣喜之至！此類詞書對於學子最為有用，而解釋簡賅，出處分明，當以尊編最為出色。謹申謝悃，並致欽佩之意。即頌

大安！

梁實秋頓首　六〇、四、廿八

梁先生的文章雖然很多是幽默輕鬆的，但遣詞用語，他是非常講究的。所以對於成語詞書，會有興趣。記得曾有一個學生某君，編了一本《中國歷代詩選》，內附作者傳記解評，請求梁先生做一篇序。序文久久無消息，而書馬上要出版了，既不敢催他，又不能說不要這篇序了，急得不得了，要我向他打聽一下，好作決定。他退休後已經從雲和街遷居到安東街，我打了電話去，約定第二天下午去看他。

「聽說你要去看梁實秋先生？小心碰釘子！」冰瑩教授知道了，好意地警告我。「他最近忙著在翻譯《莎士比亞》，不喜歡客人打擾他。有一次，他問一個客人說：『你打算跟我談幾分鐘呢？』……」

我深悔沒有先問她，如今已經來不及了，第二天只好硬著頭皮赴約。

誠如陳祖文所說，梁先生雖然和英國文學結緣甚久，可是他中國風味最足。他黎明即

起，常和潘重規教授一同打太極拳，練劍術。運動之後，有時候拎著一小袋燒餅油條回家。我看過他一篇小品，說他不喜歡西洋人的握手，我提醒自己，見面時千萬別伸出自己的手來。

我進入他家的整潔寬敞的客廳坐定後，開門見山就說：

「我是爲那本歷代詩選的稿子而來，……最多打擾五分鐘，……因爲馬上要出版了。」

「你看過那本稿子嗎？」他反而問我。

「只是過目一下，沒有細看。」

「我想這稿子還有些問題，你得細細看一下，……把不大妥的詞句改一改。……」最後他又補了一句：「序還是不作爲宜。」

說完，我就告辭出來了。我覺得如釋重負。

那兩封找不到的信，我還淸楚地記得它的內容。一封是關於出版《實秋自選集》的事，時間是在民國四十三年。一家勝利出版公司想編一套自選集，要我去約稿。我到院長辦公室去找他，把出自選集的計畫告訴他，他同意了。「因此把過去的作品整理一下，也好。」他說。

不久，他就把編好的稿件交給勝利出版公司。其中有的文章是在幾本書中勾出來，他的原意是不要汙損原書，可是沒有說清楚。付排時，出版公司竟將原書撕下了一部分。他知道了立刻寫信給我，要我去交涉，拿回原書，因爲這些書已經絕版了。出版公司只好將撕下的書頁一一裝回去，加了新封面。我把那幾本重裝的書送還給他，他稍微翻了一下，說：「能夠拿回原書，也就好了。」

那封信我交給出版公司看，似乎就沒有還我了。

另一封是在六十年的年底，是他接到我的新出版的《雨窗下的書》時的來信，大意說：此書依作品的不同，分成三卷，體例新穎。……無非是一些鼓勵後進的話。這封信大概是我收藏得太好了，一時反而找不著。我希望，有一天它會忽然被我找到。

〔附　記〕

那封「收藏得太好了」的梁實秋先生的信，不久果然找到了，在一個紙盒裡。原函和我所記得的雖然有點出入，但相差不遠。茲錄於下：（手迹參看圖十四）

天華先生：惠賜大作《雨窗下的書》，收到謝謝。內中三卷文字，性質不同，但皆親切有趣，不墮俗套，佩服之至。匆此道謝，即頌

文安。

弟　梁實秋頓首　六十、十二、五

一枝縱橫敏捷的健筆

早年我在上海讀書時期，就聽到金溟若這個名字。他是浙江瑞安人，和我是小同鄉（參見圖六）。那時候他從日本回來，聽說曾跟朱自清讀國文，學習寫作。他原名志超，溟若是朱自清替他取的筆名。他寫了一篇〈我來自東〉，登在朱（自清）俞（平伯）合編的刊物上，一時頗有點文名。後來這篇文章收在他的第一本書《殘燼集》中，由北新書局出版。不到十個月，這本散文集就再版了。

他從小在日本讀書，所以日文的基礎很好。他在上海同孚路租了一間小房間住下來，白天讀大學，夜裡翻譯有島武郎的作品。一部分的譯稿陸續刊在魯迅編的《奔流》上，是關於米勒・羅丹及惠特曼的評傳——《叛逆者》。另外有幾篇有島武郎的小說譯稿，寄給《東方雜誌》和《小說月報》，……但始終沒有成書。

他常徹夜不眠地在翻譯，一邊連連地抽烟，抽的又是洋烟，譯完一部書，窗口積滿了一大堆的香烟空罐子，領到稿費，只夠付小店裡賒欠的香烟帳。朋友們背後都笑他十足的名士派頭。

可是我一直沒有跟他見過面。

來臺灣以後，我們才認識，那時他在臺大任教。後來他移居信義路，我搬住杭州南路，距離比較近了，他偶然會來找我聊天，或帶夫人同來。

有一次，他拿他的小說和散文的稿子給我看，問我比較喜歡哪一種，我沒說什麼，我一時想不出該怎麼說好。我覺得他的作品，受日本作家的影響是極明顯的。他的散文奔放自如，大抵言之有物，耐人尋味。我固然喜歡他的散文，但對他的翻譯日本名家的作品，則更加重視。

提到他過去在上海翻譯日本文學名著的事情，他的興頭就來了：

「我把譯稿寄給魯迅，他看了很合意，就在《奔流》上登了出來。」他津津有味地說著。「我寫信給他，問他一些問題，或者請他介紹我的稿子給別的刊物，他都會回我信，很快的，——他是無信不覆的。」

「你見過他嗎？」我好奇地問。

「見過好幾次。」他抽了一口烟，接著說：「我到景雲里他的寓所裡拜訪他。……他對青年都很客氣。……問我一些在日本讀書時的情形。……有一回，他還問我一個日本民間俗語的含意。他眞是一個虛心而且仔細的學者啊！」他開心地笑著，露出缺了幾顆牙的烏黑的牙齒。

現在我翻閱魯迅的日記，在民國十七、八年間，可以看見許多處有關於金溟若的簡略的記載，如：「午後金溟若來。」「得金溟若信並稿。」「覆金溟若信。」等等，而《兩地書》內許廣平給魯迅的信裡也說：「……又有金溟若的一封掛號厚信，想是稿子，都放在書架上。」（第三集一一五）可見溟若所說的話，並非誇張。

魯迅特別看重那些外文程度好的後輩，像未名社的社員李霽野、韋素園、韋叢蕪，還有徐詩荃等，他總是常鼓勵他們多翻譯一些外國的好作品；他對溟若也不例外。

大概是在民國五十九年的早春，一個陰沉的下午，溟若兄特地來看我。他正在主編《大眾副刊》，因爲報社發不出稿費，以致稿源缺乏，所以向我乞援，要我協助他編。我明知「無米之炊」是很難做的，可是我那時正在寫短篇的歷史小說，心裡想：「有一個園地發表也好，何不試試看？」因此就答應了。兩個人商量定：長篇小說、專欄、「方塊」，仍舊由他主持，其餘短篇散稿則歸我編。每隔四、五天我把編好的稿件送給他，再由他發給報社。

從此每隔四、五天我就要到他家去一趟，我們見面的機會自然多了。他送我一本新近出版的翻譯小說《雪鄉》。

「這部小說，我是花了十天十夜趕譯成的，」他帶著很有點自負的神情說，「因爲要跟另一家書店爭先出版。老實說，翻譯日文，我幾乎不需要查什麼辭典的。可是，川端康成的小說不比別家，細膩美妙，注重感覺和抒情的描寫，翻得好並不容易呢！」

他的書房兼做臥房，是在一個房間裡。他一天伏案的時間很久，用的只是一枝舊鋼筆。寫倦了，就躺在床上休息，或翻閱報紙雜誌。桌子上不消說是堆滿了書册稿件，還有一杯茶葉幾乎要從杯口滿出來的濃茶，或一碟茶點。烟灰缸裡烟灰和香烟屁股積得滿滿的。他的夫人有時候做了幾樣小菜，他就獨自喝幾杯酒，喝得面孔紅紅的。……

記得就在那年六月十九日下午，一陣雷雨過後，我爬上他家公寓的三樓樓梯，想道：「午睡該醒了吧？」

按鈴開了門，他的小女兒看見我，低下頭，不說話，哭了。……誰知溟若兄於昨夜忽然得了急病，送到醫院，動手術後，就此長眠不醒了！——他平時身體結實，自信可以活到八十開外，不料只享年六十六歲。人命眞是無常叵測呀。

我那時的情緒非常紛亂，既悲傷朋友的溘逝，又擔憂副刊的編務擺脫不了。……這一切直到一年多以後，才得到解脫，又歸平靜。

日前，編者向我索稿，說要寫一個作家，紀念一個拿筆桿的人。這使我忽然想起「一天離不了筆」的金溟若。我在書架上找，找到一本他的散文集《人間味》。翻開書頁，前面的部分就看到一篇題目叫做〈筆〉的短文，其中說：

「現在的這枝筆是犀飛利牌，外貌雖不堂皇，但筆尖却硬，到我手上已有八、九年，少說也該寫過五、六十萬字了，並沒磨壞，寫起來還是得心應手。……說起這枝筆的來歷，原初是一個美國兵因手頭沒有現金，拿它送給一個鹹水妹抵充夜度資的。鹹水妹把它送上當舖押了八十元。當時我因筆壞了，從中壢巴巴的跑到臺北來買筆。……一個朋友給我介紹這張當票，連利息和給鹹水妹的好處，付了一百二十元，把當票買下來了。……回到中壢，坐下來用這枝『新』筆來寫稿，想不到筆觸柔滑，爬在格子是那麼體貼。……八年來它與我同甘共苦生活在一起。替我吁出抑鬱的嘆息，也有時為我仗義執言，發出如虹的嘯聲。……」

重看這篇散文，溟若兄戴著金邊眼鏡的清瘦的面影，顯現在我的眼前了，久遠而瑣碎的往事，連接著一一湧上我的心頭。……前面所寫的，就是當時紛雜地湧上我的心頭的記錄。我又在想：我眞羡慕他有這枝敏捷犀利的健筆，和良好的日文基礎。雖在動亂坎坷的生涯中，仍然能夠沒有一日離開筆，誠如他自己說的：「一旦沒了筆，就像被繳了械的兵，手上很不得勁。」這可以說是一種極難得的癖好。遺留在他身後的著譯，據我所知道，已經出版的有十多本。列舉如下：

殘燼集（散文）

自己話・大家話（評論）

人間味（散文）

白癡的天才（小說）

世界文化史

雪鄉（川端康成）（翻譯）

美麗與悲哀（同上）

叛逆者（有島武郎）（翻譯）

羅生門（芥川龍之介）（翻譯）

河童（同上）

出了象牙之塔（廚川白村）（翻譯）

宮本武藏（小山勝清）（翻譯）

蛻變（卡夫卡）（翻譯）

他還告訴我：「爲了生活，爲了一家人的餬口，我曾經替擺地攤的寫了不少本的推理小說，別人都不知道。」

假如不是如此，徒然浪費了他的有限而可貴的時間，他或許還可以多翻譯一兩部日本的文學名著，多寫一些富挑戰性的大膽無忌的雜文。這誠然是我們文藝界的一種不易彌補的損失。

布衣一生責字責文

我不想敘述那些枯燥乏味令讀者看到半途會拋開的人與事，我竭力向那明耀難忘的角落去探索。

……顯現在我的眼前是一座三間樸陋的房子，前面一個小小院子，堂前的柱上貼著一副被風雨褪了色的對聯：

茅屋三間蔽風蔽雨

布衣一生責字責文

我曾經有緣在這座屋裡暫作短短的寄寓者。

當三十年代，在我的家鄉，提起池雲珊（名志澂）老先生，誰還不知道他是一個書法家兼儒醫？這座屋是他的住宅，瑞安城裡的人們多半知道。自從他過世後，家道更式微了，不得已，將西邊一半屋分租給別家，我的太太的娘家恰巧就搬遷到這屋子裡來。那時候我在鄉間一個學校教書，每逢週末便到城裡來，因此我和太太暫時寄居在那兒。這個機緣，我當時毫不知道珍惜，現在回憶起來，可不同啦。

他們一家只有四個人，除了那個男的少年外，其餘三個女人，都是沉靜寡言。漸漸地，多半是間接地，我知道了一些他們的瑣事。那個中年婦人是池老先生的媳婦，年輕的三個是他的孫和孫女。我幾乎沒有聽過他們大聲呼喝，只是靜靜地過著日子。

後來我又知道了他們的名字，男的叫慕賢（他們平時只叫他「老大」），那兩姐妹叫玉什麼，我現在已經記不起她們的全名了。姐姐羞怯文靜，皮膚白皙，側面看很美，但眼角時時露出悲容，破壞了美感。妹妹比較活潑，性情外向，有時候會過來跟我的太太聊天。

廳堂中有一張方桌，桌面漆著白色，頗平滑。聽他們說：「老先生在世的時候，天天在這張桌上練大字，一張桌面寫四個字，寫完了，自己站在遠處看看，又走近來擬著筆勢，點點頭，或者搖搖頭，好久，才用溼布擦掉，等一會兒再寫。」

求他寫字的人比較多，請他醫病的卻少，而且他一出門要坐轎，病家還要負擔昂貴的轎資。他對寫字，是來者不拒，據說要「先惠後墨」，他是藉此生活的。求書者的慣例，須在宣紙下端附貼一張小紙條，寫著：「敬求法書，賜呼某某。」如果他看見有極不雅的名字，常常會連聲大罵：「該死，該死！竟取這樣混帳的名字！」但罵儘管罵，終於還是照紙條上的名字寫了給他。假如是送禮物，他也收，只是遇到人家送他洋烟的，他就叫小孩子拿到巷口小店裡換便宜的香烟。

……我彷彿看見池老先生兩頰凹進去那副瘦削的形像。這要從那時候倒溯上去十多年前，正當我的祖父六十誕辰的前一個月。

幾個親戚聯合起來想送一副壽序給祖父祝壽，他們在商量：到底請哪個名家撰文，哪個書家書寫才好呢？

「依我看，不如請池老包辦，他老人家能文能書，一舉兩便，最要緊的是不會耽誤時間。……你們想想，怎麼樣好？」有人這樣建議。

這個主意馬上受到了很多人的贊成，於是就這樣很快決定了。十六張的壽屏，以黃色的絹裱成，依照序文的字數用紅硃筆打好格子，等待他老先生到我家書寫。一天早上，他坐著轎子來了。他是一個七十出頭的老人，穿一件黑色的長袍，背微傴，面孔蒼白尖削，似乎因爲掉了很多顆牙齒的緣故；可是精神矍鑠，步履輕快。祖父迎他到東廂書房裡坐著。端上蓋碗泡的清茶後，又敬他一枝烟。

書房當中擺著一張大桌子，上面擱著筆和硯。許多人圍著要看他揮毫，我也夾在一群人之中。他大概見慣了這種情形，並不禁止。序文分別抄在十六張和壽屛的格子相同的稿紙上，寫時每幅壽屛分上中下三截寫：寫完上截，旁邊一個人就把它往前移，然後寫中截，中截寫完，最後寫下截。所以必須照稿紙上的格子寫，才不致寫錯。

老先生是站著寫，寫的是顏魯公體的二寸大的楷書，點畫勻稱勁潤，旁觀者有誰發出輕輕的歎賞：「眞不愧是一個名家啊！」但隨卽沉寂了，怕打擾了他的專注。

每寫完一幅，就要停下來休息一會兒，這時候老先生就去書房後面，靠在榻上吸他的鴉片烟。登時一股濃烈芬芳的氣味瀰漫了屋裡，聞起來使人覺得飄飄然有點舒服。

大約寫到第三幅的時候，突然他放下筆，著急地說：

「糟啦，寫錯了一筆！」

幸虧序文是他自己做的，他可以將錯就錯，修改文句。他又到後面的榻上躺著，一邊吸烟，一邊細細地思索，要把文句改得很妥貼。旁觀的人都在紛紛地低聲談論著這事，我聽見有人開玩笑地說：「別擔心，等他的烟抽足了，靈感一來，自然就想得出來了。」

最後他起身了，走到桌子前面，拿起筆來，接著寫「今幾何時」一句（聽說原稿本是

「曾幾何時」），意思也差不多，總算補救了這次小小的「筆誤」。……壽序連續寫了兩三天才完成，當中還發生過幾次的錯失波折，每次都是回到榻上抽烟沉思良久，方得解決。

寫完壽序，伯父又拿幾張宣紙請他寫。他不加思索，一揮而就地寫了四張屏條，寫的都是七言絕句，是他所默記的孫蕖田（鏘鳴）的詩（他自己說，他是蕖田先生的弟子），字體有點像何子貞風味的行草，墨色是淡淡的。此後，我似乎沒有再看見他了。……

我站在這座黯淡的老屋的屋簷下，回想著寫壽序的那段情景，好像還是不久以前的事。……突然，我有了一個主意，我走去找慕賢。

「我想，池老先生生前好學，應該有很多的書留下來，你可不可以讓我看一看他的藏書呢？」我問慕賢，意思是希望他們能把一些書讓給我。

「可惜大部分都散失啦！」慕賢遲疑了一會兒，感慨著回答。「現在樓上還堆著一些，恐怕要給蠹魚吃光了。」

他帶我登上東邊的樓，多年沒人住，地板上架子上都被灰塵蛛網封滿了。他指給我書架上幾堆凌亂放置著的線裝書，說：

「都在這裡，你慢慢地看好了。你要的，就拿去，反正我們也看不懂，用不著。」說著，他先下去了。

我獨自待在小樓上，在倖免蠹魚之劫的古書堆中搜尋，度過了整整的一個下午。我走下樓梯時，帶著一身的跳蚤，（俗語說：「蚤樓蚊子室」，一點也不錯。）和幾部古書。這幾本書是孫詒讓的《札迻》，石印本《戰國策》《國語》，和殘缺的《十三經注疏》。我酌量付給他們一筆錢，書就讓給我了。

《札迻》十二卷，連史紙大字家刻本，刊於光緒二十年（一八九四），這本來是孫詒讓的讀書札記，記其心得及校正語於書頭，後來按冊移錄而成此書。家刻本的字體皆依《說文》正體，精校無訛，這種本子，很不容易得到。我在戰亂時，自大陸千辛萬苦攜帶到臺灣，至今仍然珍藏著。而此書對於我頗具影響力，也是我的貧乏的藏書中唯一的善本。

那次搜尋舊書時，還看到幾卷連史紙精印袖珍本三色圈點的《史記》，朱碧燦然，鮮明如新。我想這當是池老先生的手迹。古人讀書，須先知道句讀；古書多未加圈點，所以他們平時學習的方法，就是初讀時用紅硃筆在書上加圈點，再讀時用藍色筆改正初讀時的句讀錯誤，三讀時用綠色筆作最後的訂正。朋友或師長看你所圈點過的書，就可以知道你對古書的根柢是怎樣的了。所謂《歸方三色評點史記》，大概也就是這樣子的吧。

我當時只因嫌它是殘卷，沒有拿了來，後來——一直到現在，一想起池家遺留的藏書，眞覺得無限的惋惜，追悔，這樣珍貴的三色圈點本《史記》，雖然是殘卷，到底還是吉光片羽，竟交臂失之！

蘇軾〈赤壁賦〉墨蹟究竟是應誰的求書而寫的

偶然翻看舊報，看到蔣勳先生的大度山手札〈寒食帖〉（《人間副刊》七十四年十月二十三日），裡面說：

「貶謫到黃州的蘇軾，死而後生，他一生最好的詩文、書法皆完成於此時。」

他這幾句話，說得很對，我頗有同感。再看下去，下文又說：

「〈前赤壁賦〉原蹟藏在故宮博物院，是神宗索讀蘇軾近作，蘇軾抄錄的文稿，文末尚附有對皇帝的請求：『軾去歲作此賦，未嘗輕出以示人，……欽之有使至，求近文，遂親書以寄。……欽之愛我，必深藏之，不出也。』……」

我看了覺得很奇怪。爲了明瞭起見，先將東坡〈赤壁賦〉後面的原跋全錄在這裡：

「軾去歲作此賦，未嘗輕出以示人，見者蓋一二人而已。欽之有使至，求近文，遂親書以寄。多難畏事，欽之愛我，必深藏之不出也。又有〈後赤壁賦〉，筆倦未能寫，當俟後信。軾白。」

「欽之」是傅堯俞的字，「欽」字非指神宗皇帝。清王文誥的《蘇文忠公詩編註集成》卷六有蘇軾贈傅堯俞的詩，題爲〈傅堯俞濟源草堂〉，註云：

「堯俞，字欽之。孟州濟源縣有別業。」

又云：

「傅欽之，本鄆人，官孟州，樂濟源風土，徙焉。」

《宋史》卷三百四十一有〈傅堯俞傳〉，說他因爲不贊成新法，「安石愠之」，以致「再歲六移官」。他跟蘇軾可以說是「同氣相求」之交。東坡貶謫黃州，欽之差人去求近文，東坡寫了〈赤壁賦〉送他（他不敢輕易拿近作給人看），這是極合情理的事。跋尾止云「軾白」，決不像對皇上的寫法，如果是寫給神宗皇帝，起碼得加上一個「臣」字，而上文也不應該稱「我」。況且前幾年，因爲新法黨羽摘其詩文，斷章取義，以「愚弄朝廷，妄自尊大」的罪名構陷他，逮赴臺獄，關了一百天；如今他怎麼還敢對皇上輕率亂寫呢？

查看故宮博物院收藏的〈赤壁賦〉墨蹟，卷中只有南宋賈似道收藏的「秋壑珍玩」等的印記，以及明項元汴等人的印，此外還有明文徵明、董其昌的題跋；清朝乾隆、嘉慶、宣統倒蓋了好多「鑑賞」「御覽」的印，卻沒有宋神宗皇帝留下來任何「御覽」過的痕跡。這又是一證明。

這雖然是一個瑣細的問題，但一般讀者也容易有此誤會，眞所謂差以一字，謬以千里。所以在這裡提出，以就正於當代學者。

〔附記〕

東坡此賦，本來題目只作〈赤壁賦〉。試問他在神宗元豐五年（一〇八二）七月間作這篇賦時，怎麼會預知十月再遊赤壁呢？墨蹟前面文徵明所補的篇題也只作〈赤壁賦〉，「前」字是後人所加的。

潔癖

家鄉有一個中藥舖的老闆，生性好潔，每次搭小船到城裡去，總要帶著一塊白布，鋪在艙位上。鄉下人對他這種行徑，只覺得奇怪，也沒有起什麼惡感。我老早就聽見人家說到他的特殊瑣事，只是沒有碰見過，後來有一個機會看見他，是一個衣著潔淨的清癯的中年人，倒也名副其實。

我在報刊上常看到關於環境污染或清潔的問題，甚至有的作家還談到廁所的清潔等等。我記起曾經看過吳稚暉的一篇文章，題目早忘了，這篇文章裡有一段是把英國的公廁和中國的相比較，他本來是個不修邊幅的人，但是對於廁所，卻主張應該特別注重清潔衞生。他把中國公廁的髒穢不堪，形容得淋漓盡致，令人捧腹。那樣的滑稽大膽嬉笑怒罵的文章，禁得起一看再看，眞有過路人的《何典》的格調。

愛清潔是好習慣，可是如果走上極端的話，人們就會稱之爲潔癖。說到潔癖，很自然的使我想起號稱「米顚」的米元章。他有三癖，就是：石癖，書癖，潔癖。

《石林燕語》說：米元章到安徽無爲州做長官時，官廨裡有一塊巨石，形狀奇醜特別，他看見了，連忙整整齊齊地穿戴了衣冠，向巨石拜下，叫它「石丈」。《梁溪漫志》和《宋史》本傳則說叫它「石兄」。他是宋代有名的四大書法家（蔡、蘇、黃、米）之一，對書法有狂熱，每次出遊，船中必定攜帶了許多書畫，以供欣賞。人家都認得，說：這是「米家書畫船」！對二王（王羲之、王獻之）的墨蹟尤其著迷，只要他看見，就想盡方法，非如願不肯罷休。

關於潔癖的逸事也不少。《宋史》本傳說他好潔成癖，不肯和別人同用巾器；行爲譎異，時常有他的笑柄傳說著。我在什麼書上（可惜書名一時查不到）看到一則逸事，說他洗手的情形，他說：「在盆裡洗手，洗不乾淨，因爲水已經洗髒了，再浸在髒水裡，怎麼會洗得乾淨呢？」他叫人用銀瓢澆水，清水從他的手上面倒下來，髒水立刻流下去了，這樣才會乾淨。沖淨後，不用毛巾擦手，毛巾未必潔淨，他只揮動著兩隻手，讓它們自己乾。這和現代講究的廁所裡用烘手器的想法倒是頗相似的。

宋呂居仁《軒渠錄》云：

「米元章喜潔。金陵人段拂字去塵登第，元章見其小錄，喜曰：『觀此名字，必潔人也。』亟遣議親，以女妻之。」

好潔竟到這樣的程度：連看見一個人的名字潔淨，就願意把女兒嫁給他！

從前的廁所，又叫「茅房」「茅廁」，顧名思義，就可以想見它是非常簡陋的了。上廁所時有不用草紙，只用瓦礫或「廁籌」擦屁股的。《甲乙剩言》說：安平的風俗，男女如廁，都用瓦礫代紙。又說北齊文宣帝如廁，叫宰相楊愔執「廁籌」。三藏律部載宣律師上廁，也用「廁籌」。《輟耕錄》也說：今寺觀削木為籌，放置溷厠中。據說「廁籌」最早是從印度傳來，後來中國的寺院中多使用此法，或用木片，或用竹片，又叫「廁簡」。《南唐書・浮屠傳》說：李後主和周后，親自替僧徒削「廁簡」，削好了，先在面頰上試一試，光滑不光滑，稍有芒刺，就要再修削。我有一個同學，老家在偏僻的深山中，他告訴我說：他的家鄉的人們上廁時，用削得很平滑的篾片彎著篾片刮了幾下，倒也刮得蠻乾淨的。用過的篾片丟在一個竹簍裡，積滿了，拿到溪裡洗乾淨再用，比草紙省事得多。

可是古時候的廁所，卻不全是污穢簡陋的，也有極潔淨豪華的。如晉朝的巨富石崇家，《世說新語・汰侈篇》說：在他家的廁所裡，有十幾個婢女侍候著，都打扮得很華麗。備有甲煎粉、沉香汁之類的東西。又給客人新衣，請他們更換，弄得客人多不好意思，不敢上廁所。王大將軍（敦）去他家作客，在侍女們的面前脫掉舊衣，換上新衣，神色坦然自如。她們互相私語說：「這個客人一定會做賊。」劉孝標注引《語林》說：劉實到石崇家，要上廁所，看見房裡掛著紅紗帳，鋪設富麗，兩個婢女拿著錦香囊站在那裡，他連忙回轉身走出去，對石崇說：「剛才我走錯了，竟進入您家的內室。」石崇說：「不，那是廁所。」

同書〈紕漏篇〉也記載著王敦的事：他和舞陽公主新婚的時候，上廁所，看見漆盒裡裝著棗子，本來是塞鼻子避臭氣用的，他不知道，以爲廁上也放乾果子，竟把它吃得光光的。他從廁所裡出來，婢女們捧著金盤盛水，琉璃盌盛「澡豆」，這是洗手用的粉劑，他以爲是乾飯，因倒在水中喝了，婢女們都遮著嘴兒笑他。

米元章既然是有潔癖的人，他家裡的廁所自然與眾不同。他把廁所造得一二丈高，下面鋪了一層白色的鵝毛，當糞掉落時，鵝毛立即翻上來把它掩蓋住，看不見一點穢物。又因坑很深，也聞不到臭味。以上一則，恕忘書名，但和洗手的情形一樣，都確曾見於某某書，絕非我嚮壁虛造的。——但願有淵博的讀者知道在何書上，寫出見示，以彌補我的荒疏。

在米元章之前，好潔的自然也尚有人。梁朝何佟之，素有潔癖，一天洗臉、洗澡洗了十多遍，還嫌不夠，當時的人們都稱他爲「水淫」。見《南史・何佟之傳》。南齊王思遠，生性好潔，有客人來訪他，他一定先從裡面偷看一下，假如客人的衣服髒兮兮，就不肯出來相見；如果衣冠楚楚，才肯出來見他，和他促膝而談。可是等到客人走了後，他還要叫僕人用苕帚一再地拂拭客人的坐處。見《南史・王思遠傳》。世間好潔的人眞是不少呢。

關於「米顚」米元章，我又想起一則趣話。《世說新語補・排調篇》云：

「蘇長公（東坡）在維揚，一日設客，皆一時名士。米元章亦在坐，酒半，元章忽起立，自贊曰：『世人皆以芾為顛，願質之子瞻。』公笑答曰：『吾從衆。』」

東坡借用《論語・子罕篇》中的孔子語來調笑米老，妙得很，令人忍俊不禁。《海岳遺事》說：米元章曾做書畫學博士，後來擢升爲禮部員外郎。屢次遭到彈劾，外調知淮陽軍。他在路中上書給宰相蔡京，訴說他一家食指眾多，流落在外，到了陳留，好容易覓得一隻船，只一點點大，就在書信的行間畫了一隻小船。蔡京看了微微一笑，因爲那時的彈劾書正說他癲狂。他又致書給許多大官，自己讚許自己的才能，而非癲狂。所以後世傳有米老〈辯顚帖〉。

然而清潔的標準，每因時代或環境的不同，而有差異。如米顚的不和人共用巾器，洗手要用水沖淨，……這些，在現代，似乎都合乎衞生的條件，不能識爲「潔癖」了。如《紅樓夢》裡的妙玉，她那隻成窰的茶杯給劉姥姥喝過，就嫌髒，叫擱在外頭去，不要了。（四十一回）她到探春那兒過夜，就得自己帶了茶具、衣褥、日用之物去。（一百十一回）這是出家人的潔癖，一般人不能學，也不可學。總之，好潔的人，不可獨善其身，自己要清潔，也要顧到公共的清潔。有潔癖的人假如能夠與人同潔，勿成爲孤僻，以致和人們隔絕，也就不可厚非，而且值得稱揚了。

飛鳥投林

抗戰初期，上海租界已成爲「孤島」，我那時在一個私立中學任教，兼管理圖書。年少熱血沸騰，痛恨日軍屠殺同胞，姦淫婦女，曾經做了一篇〈新娘嘆〉彈詞，在《文匯報》上發表。可是刊登出來時，那些抗日的詞語如「東洋鬼子」「倭奴」「敵機」……等，都被改爲「一群鬼子」「強暴」「飛機」了，這是因爲《文匯報》的態度雖然是抗日的，但自從被投了一顆手榴彈作警告後，即使在報館的門口已經裝上鐵絲網，也就不得不小心謹愼一點了。後來這篇彈詞又在故鄉溫州的什麼報上轉載，而被改易的忌諱詞語都沒有改回來，可能是編者沒有注意到這篇彈詞曾被刪改了的緣故。

我覺得無聊，苦悶，想衝出這「孤島」。

我寫信給大哥，他在溫師教音樂，要他替我在後方找工作。他的回信說：「現在人浮於事，求職極困難，只能試試看。」但是不久卻來了電報：「事成，即歸。」我於是乘輪船回到家鄉瑞安。

這是民國二十八年夏天的事。原來是一位聘請好的教員忽然不來了，我剛好補上了他的缺。

省立溫師的校址在鄭樓，一個小鎮，屬於平陽縣。渡過飛雲江，坐小船，四、五里的水程，就到了。記得當我帶了行李踏上學校後門的碼頭的時候，聽到一個工友在我背後說：「這個人不知是學生還是教員？……看樣子，有點老練，也許是教員。……」在那個時代，教國文的老師，要是沒有鬍子，就不足以使人敬仰。所以我在當教師的頭幾年，老是戰戰兢兢，怕出紕漏。「教學相長」，我深深地體會到這句話的意義。

我和大哥都寄宿在學校裡，兩兄弟每週末一同回家，星期日下午返校。戰時教員的生活是清苦的，我們跟學生們一同在飯廳裡吃飯。七個人一桌，沒有凳子，站著吃。一聲「開動」，如風捲殘雲，一盤菜頓時吃光了。每桌四菜一湯，由佔著單獨的位子的人把一盤菜放在當中，輪流著吃。最後是湯。吃飯僅五分鐘，號聲響了，大家一齊離開飯廳。這種像軍中的生活，我以前沒有過過，覺得新奇，卻也可以磨鍊我刻苦耐勞的精神。每逢節日，循例要加菜，每人可以吃到一、兩塊肉，格外有味。

我教的課雖然不多，但是兩班作文，倒是很重的負擔。我常常被文卷壓得喘不過氣來，到深夜還不能睡。

時局的艱危，也使我憂心不已。溫州是位於沿海地區，敵人隨時會登陸，無可防守，只有向山中撤退。可是糧食卻成了大問題。日軍的慘無人道，是誰都知道的；況且氣節更是非常重要的，一失足成千古恨，我不能不有所警惕。

我要向大後方去，投入長期全面抗戰的陣容。

重慶沒有機會，去不成。我的姐夫王君在江西，他介紹我到他所任教的國立十三中鉛山分校教書。這是個好機會。這時候正在秋季學期開始的數週，我只得中途向校長提出辭職。好友逸菴曾給我忠告：「無事勿常到主管那裡，以免引起同事的憎惡。」我聽信他的話，在溫師一年來，這是我第二次到校長室。

「你要走了，是不是？」王校長一看見我，就笑著說。他是很精明而且厲害的，消息特別靈通。「我已經聽人說了。可是我還希望你能留著不走。」

我坦白地向他說明自己的杞憂和前途，他對我倒是很好的，竟准我辭職，不過要我介紹一個適當的人代課。我推薦親戚張荆玉先生，他的文筆既好，毛筆字又秀潤圓勁，曾任馮玉祥的祕書。他同意了。

我於二十九年秋天離開故鄉，到了江西鉛山。

這是一個荒僻的小城，街道狹窄，全用高低不平的圓石子鋪成的。從南門到北門，沒有多遠，差不多可以望得到。十三中分校，只有十幾班，規模很小。本校在青原山，相隔很遠，我沒去過，聽說很大。國立中學，當時所招收的以流亡學生爲主，因此學生多來自各地。

分校的校舍是分散的，多借用城外的寺廟或祠堂。教員沒有宿舍，自己租民房住。

我初到的那天，一個工友把我帶到一座空屋裡，說：可以在這兒暫住幾天。我看那院子裡長滿了雜草，一片荒涼，似乎很久沒有人住了。我不管三七二十一，打開鋪蓋，睡一晚再說。

第二天起來，碰到那個工友，他問我：

「昨夜裡睡得好嗎？」

「很好。」我回答。

「有沒有看見……什麼？」

「呃……我看到一個女人，穿著藍色的衣服……。」我故意騙他說。他告訴我：這屋裡兩、三年前死了一個女人，是難產死的，從此以後常常鬧鬼，所以很久沒人住。於是話傳開去了，說我看見那個女鬼，她還向我哭訴她的不幸。……以後我想推翻我的話，卻毫無用處，他們只相信我的謊話。

不久，我的太太也來了，我們就在附近租了一間房子住。

我愛這小城的淳樸的風氣，江西人稱呼人「老表」，意思是表兄弟，就含有濃厚的人情味。城外蘆葦小河的野景，鵝湖山巍峨沉靜的遠姿，夜晚鰜屍峯淒清的落月，……都在我的記憶裡留著鮮明的印象。學生們多半熱愛教師，專心致志地學習。教室不集中，分散在各祠堂寺廟裡，教師在下課後，必得從這個祠堂跑到另一個寺廟，如果走慢一點，就要遲到了。學生則幾乎沒有遲到的，逃課的事簡直是不會發生的。自從我當教師以來，最能安心地教學，師生之間達到「水乳交融」的境地，就在這一段時期。

不愉快的事莫如患瘧疾，江西人叫做「打擺子」，忽冷忽熱，「寒熱百日交相戰」，眞是難堪極了。有一天，我忽然發現帳內有一隻瘧蚊，肚子吃得鼓鼓的。

「不知道是誰被牠叮了?」我把那隻瘧蚊拍死後，帶著血拿給我的太太看。

「唉，我們當中必定有一個要打擺子了!」我的太太隨口道。

果然不到三天，兩人都打起擺子來，我先她後，相隔只數小時。

三十一年夏天，敵機將大舉轟炸鉛山，當局限令全城居民於某日上午七點前一律撤出此城，配合當時堅壁淸野的戰略。十三中分校同時也宣佈解散，我們只好各奔前程。我和王君決定向永安走。我僱好挑夫挑我們的行李，怕他臨時不來，先付他工資，留著他在我家睡，這樣就萬無一失。

那天早上，有幾個學生來送別，那情景眞是悽慘。那個南昌口音的姓徐的女孩子，圓圓的面孔的，竟痛哭起來，使我非常感動。我們撤離不久，敵機就向鉛山城空襲濫炸了。

我們翻過幾千級的陡峻的雲際關，那是和福建交界的地方，向光澤方面走。路中又遇著大雷雨，幸虧山中有一人家肯借我們過夜，這在城市的人們就難以做到的了。沿途風景雖然清奇秀麗，只是我無心多去欣賞。身上帶的鈔票越來越少，爲節省挑夫費用，只好減少行李。這時候是熱天，棉被早已丟掉，一套在江西買來的景德鎭的瓷器（盤碗），也很便宜地賣給路邊一家人家了。一路走來，看見路邊丟了好多的書，因此我也想挑些不大有用的書丟掉，可是才丟下幾本書，卻又捨不得，仍舊把它們撿回來，不但撿回自己的，反而還撿來一本別人丟掉的書。

從光澤走到邵武，然後坐船到南平。在南平買不到汽車票，等了將近一個月，後來全靠同鄉黃站長的幫助，才搭上汽車，到了永安。

國立福建音專在永安南面的上吉山，地形幽僻，草樹茂密，是防備空襲的好所在。我因了大哥的關係，在這裡得到暫時的棲身。

這個學校的情形非常複雜，三年之中，換了四個校長，當然不會單純。男女學生各佔半數，這因為音樂學校的合唱隊男女人數平均比較合適，所以招生時就注意到這一點。他們日後很多成了夫婦，眞所謂「夫唱婦隨」，一點也不錯。這些學生們，都是經歷過滄桑的，不但早熟，也懂得自力求生。

有一個名叫李長才的學生，廣西人，個子小小的，生得很清秀，很活動，功課也不錯。他也是流亡學生，但手頭似乎頗寬裕，常常拿些雞蛋送人。我當初以為他在做生意，發「國難財」。後來聽人說：他在教室裡養了好多隻母雞，他每天用竹筒裝盛飯廳裡的剩菜剩飯，拿去給雞作飼料，隨後將牠們放到野外，讓牠們自己去找食物，傍晚又捉回來，關在課桌右邊的小櫃裡。（音專的課桌右邊都有一個小櫃，裝有門，以備學生放書本講義之用。）他用舊報紙墊在櫃子內，每天換一次，所以絲毫聞不到雞屎的臭味。這種「生財有道」的勾當，眞叫人歎服！

我的宿舍在六角亭，和作曲家陸華柏住一起，兩人晨夕見面，於是合作譜寫成〈大禹治水〉清唱劇。我的歌詞中有意多用「浩浩」「澎湃」等摹聲詞，他配的曲子，氣勢非凡，眞有令人置身於汪洋澤國中的感覺。此曲演奏時，曾經轟動永安。後來又在江西、臺灣等地演奏。今年六月六日，爲紀念大禹誕辰，中華甘棠雅樂團將它改編爲大禹治水樂舞劇，在國軍英雄館演出。

三十三年春夏之間某一日，天氣晴朗。忽然空襲警報響了，我們立刻疏散到野外。我躺在山坡上一條乾涸的水溝旁，眺望著四周的景物：郊野是多麼安靜優美啊，綠草在微風中波動，幾株小松竚立著，遮蔽著陽光。我心裡在想：「敵機爲什麼要空襲轟炸我們？……眞是可惡可恨極了！」這時轟轟聲忽起，一群敵機從空中飛過，一共九架，每三架一排，向永安城飛去，投下了炸彈。頃刻，濃煙上升，我聞到橡皮燒焦了的氣味。……這次「永安大轟炸」，炸死了我們的同胞數百人，燒燬了城中的房屋無數棟。

正當抗戰達到最艱辛的階段，日寇竟突然宣佈投降了。我翻閱舊筆記本子，卻有一段關於那天的眞實的記載，茲錄於後：

三十四年八月十日薄暮，忽傳暴日無條件投降。時余方為友人書寫〈樂記〉四幅，聞之，驚喜欲狂，手幾不能把筆。梁君鴻基，復持片紙索書，夜不成寐，次晨，漫寫一絕以應之：

雞鳴枕上待黎明，

長夜徐徂曉氣清。
寧忘萬千兵将血？
還鄉且喜似年輕。

那時候我雖然已是三十出頭的人，自己仍然覺得壯心未已呢。

願與樹爲伴

古人說：

「浮屠不三宿桑下。」（《後漢書・襄楷傳》）

爲什麼呢？因爲怕停留久了，會生感情。我對於前院裡的那棵桑樹就是如此。幾次颱風來時，它的枝條刮下了屋瓦，險些兒打傷了人，可是我總是叫工人來，只修剪了一些雜枝，捨不得整株砍掉。我從小生長在鄉村裡，「舍下門臨大河，嘉樹有蔭」，對樹木不免有緣。我不喜歡花，卻愛看綠樹、青苔、細草、碧波……

「綠樹偏宜屋角遮，青山正補牆頭缺。」

這景色多美！李笠翁有一首〈養苔〉詩，前兩句說：「汲水培苔淺卻池，鄰翁盡日笑人癡。」他這種心情我最能了解。

我現在住的寓所，前後院的樹木不少，算是我的福氣，熱天它給了我家涼爽的清陰，但也增添了我不少的想不到的痲煩。後院有兩株大樹：一株榕樹，另一株尤加利樹。尤加利樹的樹幹直聳屋頂上，遠遠望去，它的雄姿令人羨慕。但是樹大招風，那次颱風來襲，折斷了頂端的樹枝。我找了工人來剪樹，他聽說要剪尤加利樹，就要加工錢，運費除外，索工資一千七百元，這是最低的數目，再少就不幹。我只好遷就一些。幸虧環保局新規定：颱風過後幾天之內，凡是樹枝瓦礫等垃圾，堆在每家的門口，他們會派人來運走。總算給了我們莫大的便利。

不料剪樹後的第二天下午，我家女工阿秀對我說：

「那株尤加利樹，上面有一段斷幹，又粗又大，一半卡在榕樹的枝杈上。這工人好壞，竟讓它留在樹上，……不知道以後有沒有危險？……」

我走到後院仰頭一看，果然上面有一段粗大的斷幹，卡在尤加利樹和榕樹的椏杈之間。以後碰到大風雨，很可能一下子掉下來，打壞鄰家的屋頂。我馬上打電話給那個剪樹工人，問他一個究竟。他說：「那斷樹幹總有一兩百斤重，昨天因爲沒有帶繩子來，所以沒法鋸；如果沒有繩子鋸下來，一定會打破鄰家的屋瓦。」聽阿秀說：昨天那工人在樹上曾問過鄰家，肯不肯出點錢，鄰家不肯，他就讓它留在樹上。……我要他再來鋸，他說，須兩個人來，再索工資一千元。

我打電話給後鄰那位胖先生，問他怎麼辦好。

「樹是你家的樹呀，自然由你負責。」他冷冷地回答。

這問題，以前我倒沒想到。大樹的濃陰遮蓋鄰家，人家自然沒話說；倘若掉下了許多葉子，有的人還不免會抱怨，……可是一旦造成災害，樹主當然應該負責啊。

不過後來終於議定：工資減至九百元，我出七百，鄰家出兩百，附帶的條件是，工人必須把他家屋頂上的殘枝敗葉清除淨盡。

傍晚，工人父子兩人來了，用繩子縛著傾斜於鄰家屋上的斷幹一端，然後鋸斷這邊尚未完全折斷的另一端，同時把繩子一拉，那斷幹嘩地一聲落到我家的院子裡，竟打斷了靠在牆邊的梯子。

我想起杜少陵在夔州的事情。他有一個親戚吳郎來，一時沒有住處，他自己住東屯農莊，而把瀼西草堂借給吳郎住。草堂前園圃中有許多棗樹，棗子成熟的時候，鄰人常來打棗子，他從來不加禁止。吳郎來居住後，想在園圃的周圍插上籬笆，他知道了，立刻做一首詩呈給吳郎，阻止他：

堂前撲棗任西鄰，
無食無兒一婦人。
不為困窮寧有此？
祇緣恐懼轉須親。
即防遠客雖多事，
使插疏籬卻甚真。
已訴徵求貧到骨，
正思戎馬淚霑巾。

（〈又呈吳郎〉）

詩人對鄰人們多麼親善，尤其是對窮人。鄰婦曾經向他訴苦，他所以有意讓她打些棗子吃，不願意插起籬笆，免得使她難堪。現代都市裡的人們，雖然同住在一座大廈裡，卻「老死不相往來」，更談不到什麼親善或關心了。

一般說來，窮人並不一定吝嗇，「爲富不仁」，倒是富人有時候比較小器。號稱爲「竹林七賢」之一的王戎，小時候就很聰明，他和一群小孩子們在外邊玩，看見路邊有一株李樹，結了許多李子。孩子們都搶著跑去摘，只有王戎站著不動。人家問他爲什麼不去摘，他說：「這株李樹生在路邊，竟有這麼多的李子留在枝上，必定是苦李！」他們摘來一嘗，果然是苦的。

後來他做了司徒官，擁有無數的田園，果園裡種了李樹，結了許多李子，非常甘美。他不像詩人少陵一樣，當然不會讓人家隨便採摘。自己一家人吃不了，就把它們出賣，又怕別人得到了他家李樹的好品種，於是叫僕人們先把每個李核都鑽了孔，然後出售。

把王戎和杜少陵來作對比，可以看出人性的好壞，眞有如天壤的差別。像大詩人那樣富於同情的開朗的心胸，一般人恐怕難於企及吧。就以我自己來說，當我家院子裡的芭樂或蓮霧成熟時，常有野孩子踰牆來偷摘；或者在春夏之間，有小學生按門鈴要採桑葉，等到蠶兒漸漸長大，採桑葉的次數也就越來越頻繁，攪亂我的生活的寧靜；那些時候，我就禁不住要發起脾氣來，大聲地呵止他們。……這次我再叫工人把樹上的斷幹弄了下來，不致毀損到鄰家的屋瓦，在我，總算可以心安理得了。

樹的生機是異常強盛的，雨水和陽光，使它們長出了不少新的枝葉，日子一天一天地過去，庭樹比以前更加青葱蓊鬱了。有一天，一個朋友到我家，他在院子裡抬頭一看，看見屋簷上的桑樹和屋角的蓮霧。「喔！這些樹長得眞快！」他驚奇地叫著：「你不久才剪過樹啊。」我仰頭望著那聳立於晴空中的秀色雄姿，也只有跟著他驚奇讚歎。……

但是，庭院的樹木還不能使我滿足，我要走向大自然，走向崇山峻嶺，或者廣闊的原野，那裡有豐草修竹，蕭蕭深邃的叢林，奔流著淙淙的山泉，淺淺的小溪。人們的生活，漸漸地和大自然疏遠了，隔絕了，這是現代文明人的禍害。專家說：破壞了森林，對人類生活的影響是非常可怕的。這就可見森林之對於生活的重要性。……我已打定主意，要常和綠樹爲伴侶。寒山的幽奇的境界，時時在我的心中湧現：「不及河邊樹，年年一度青。」……「萬物之靈」的人，在大自然之中，到底還是極其渺小的啊。

日前，我曾經到東勢林場住了一夜。第二天，跟著一群遊客在無窮無盡的深林中漫步，做了半日的「森林浴」，吸收著清新的空氣，帶來了滿身的青翠。歸來以後，只覺得身心無限的輕快！

獅子吼

那次大雨滂沱中的龍谷之遊，眞是又辛苦又驚心，同時也非常快意暢懷，至今猶想念不已。

下午，到了谷關，雨還是下個不停。同遊的一對夫婦，說以前去過的，不想再去了。另外兩個，大概是大雨影響了他們的遊興，也決定不去，寧願先到旅館休息。我只好獨遊。

龍谷，名稱有點俗氣，開始不大喜歡。我撐著一把小小的傘，跟著同車的遊伴走，心裡想：要記住去時的路徑，免得迷失了，一個人困在荒山裡是不堪設想的。一隊遊伴，到後來果然都星散了，旁邊雖然看到幾個遊人，可是已經認不出來他們是不是同車的。我覺得自己是孤零零的一個，和他們隔絕了。

沿著一條溪谷走，右邊是溪水，左邊是山岩或樹叢。連日雨量充沛，煙雨中，遙遠地望見龍谷瀑布，是帶著黃色的，而非白色的，隆隆地，向下面溪谷沖瀉著，氣勢之大，令人戰慄。假如晴旱的天氣來這裡遊，就看不到這樣的奇觀了。……一想，竟反而暗自慶幸了。

隔溪的岩壁上坐著一尊白色大佛像，額頭和衣裳上都爍亮著燈光。問一個在路邊供桌旁合掌而拜的老者，他告訴我這是觀世音菩薩。聽了，對自己的愚昧不禁驚異，竟連白衣大士都不知道！

又上去走了一段山徑，到了瀑布的對面。登上一個平臺，可以眺望瀑布。可是這時候雨正下得很大，再加從瀑布那邊飄來的飛沫，一把小傘幾乎沒有用，我的一身濕了一大半，我感到微微的恐懼，已沒心思觀賞雨中的飛瀑了。

本來還看見一兩個遊客，一會兒都不見了。我怕要迷路，也就轉身走回去。我穿著大衣，下半身沾濕了雨水，越來越沉重了，我的身體有點支持不住這濕衣，似乎搖搖欲墜的樣子。想找個地方坐著休息一會，四周全是濕淋淋的岩石，簡直坐不下去。後來看見一間路畔小店，那裡有牛奶可買。

「我要一杯熱牛奶，」我走過去，向一個女孩子說。「小姐，你可不可以拿一個凳子給我坐一會兒呢？」

「我這把椅子讓你坐好了。」她很親切，連忙把椅子拿到櫃臺外面來。我不推辭，立刻坐下來喝牛奶。我怕熱牛奶燙破了嘴，坐著慢慢地喝，一面也好藉此消除疲乏。

喝完牛奶，付了錢，並且向她道謝。這一杯熱牛奶，以及五分鐘的休息，對我眞有用，我的體力恢復了，遊興也加濃了。

歸途沿著溪水往下走，記得來時是在一排野獸檻檻處轉彎，我於是向左轉彎，果然看見一排檻檻。雨稍微小了一點了，我懷著輕鬆的好奇心，站在一間檻檻前面，望著檻中的兩頭獅子出神。一頭較大，頸上生著黃褐色的長鬣，卻有點凋敝脫落的模樣；另一頭較小，沒有長鬣，大概是母的，毛色豐潤，顯出堅實強健的樣子。牠們在檻中打圈子，慢步走著，每一腳步都極沉重有力，令人驚怖於牠那腳爪的猛烈。

忽然，那頭小的怒吼起來，吼了三聲，聲震山谷。後來牠又小吼一二聲。生平第一次聽到獅子吼，果然非同凡響。我想像著，假如在下雨的荒山中，周圍看不見一個人，有獅子突然跑出來，吼了幾聲，會是怎樣地驚嚇人啊！我感到無限的震撼力，餘音繞耳，久久不絕。……

「獅子吼」一語，常見於佛典。《傳燈錄》卷一云：

「釋迦牟尼佛，姓刹利。《普耀經》云：佛初生刹利王家，放大智光明，照十方世界。分手指天地，作獅子吼聲：上下及四維，無能尊我者。」

以獅子的吼聲比方佛的偉大，發大聲音，震動世界，這樣的比喻，多麼確切！

在中國，此語演變成「河東獅吼」。蘇東坡的朋友陳季常，他的妻子又兇悍又妒忌，季常好談佛，因此東坡即以佛家語調侃他，贈詩云：「忽聞河東獅子吼，拄杖落手心茫然。」這樣，「獅子吼」這話就又帶著戲謔的意味了。

這是那次去龍谷獨遊的所得與體驗；倘若結伴而遊，結果必定會大不相同了。

別亂用成語

上星期天，我去看一個朋友，他是教育家。一見面，他就遞一封信給我看，並且說：「你是教國文的老師，請你看看，這封信到底通不通？」

兩張信紙，密密麻麻地寫滿還算整齊的小字，文字半文半白，尚可達意。他是向這位教育家問幾個問題，所以在信的結尾寫著：「我這樣向您請教，眞可以說是不恥下問了。」

我看了這封信後，苦笑著，點點頭。……心裡有點慚愧，彷彿那教育家在譏笑我沒有負責教好學生似的，雖然這個青年並不是我教過的學生。

*　*

四書以及其他古籍中，成語很多，如果用錯了或者用不得當，常會鬧笑話，臨文時不可不小心。「不恥下問」就是一個明顯的例子。它的出處見《論語・公冶長篇》：

「子貢問曰：『孔文子，何以謂之文也？』子曰：『敏而好學，不恥下問，是以謂之文也。』」

「不恥下問」，意思是地位高的人向低下的問，不以爲恥。衞國大夫孔圉，謚文。子貢懷疑這「文」字爲謚，對孔圉來說，未免太高，所以發問。孔子回答說：「他的才識敏捷而又好學，若是有不知道的事，向低下的人問，也不以爲羞恥，所以死後謚爲文。」因爲謚法：「經天緯地」「道德博聞」「勤學好問」……都可以謚爲「文」；孔圉既能勤學下問，也足以謚爲文，並非指「經天緯地」那些偉大的德行而言。

成語有演變、轉義和不演變、轉義的兩類，但前一類的成語較多。不過「不恥下問」這成語，卻一直是未演變或轉義。如《三國志・魏志・袁渙傳》裴松之注引《袁氏世紀》云：

「渙有四子：侃、寓、奥、準。……準字孝尼，忠信公正，不恥下問，唯恐人之不勝己。」

這裡用的「不恥下問」，仍是肯謙虛好問的意思，跟《論語》裡的用法是一樣的。但這成語只限於指有學問或身分高的人來說，若後輩青年對長輩，則萬不可用，用了則犯倒反身分的乖謬。

* *

另一條「不脛而走」，就不同了，它是逐漸演變而轉義的。

《文選》孔融〈論盛孝章書〉云：

「珠玉無脛而自至者，以人好之也；況賢者之有足乎？」

李善注引《韓詩外傳》六曰：

「珠出於海，玉出於山，無足而至者，好之也；士有足而不至者，君不好也。」

北齊劉晝《劉子新論》四〈薦賢〉云：

「玉無翼而飛，珠無脛而行。」

以上三例中，都是以珠玉比喻賢人。「無脛而行」後來演變為「不脛而走」，意思則常指詩文或物品風行一時，傳布甚廣而言。如清余懷《閒情偶寄》序云：

「今李子（李漁）偶寄之書，事在耳目之內，思出風雲之表。其言近，其旨遠。……悲者讀之愉，拙者讀之巧，愁者讀之怍且舞，病者讀之霍然興。吾知此書出，將不脛而走，百濟之使，維舟而求，雞林之賈，輂金而購矣。」

脛，謂膝以下踝以上的部分，俗稱小腿。這「不脛而走」便是經演變而轉義的成語，我在上文已經提過，這類的成語是比較多的。

* *

林太乙女士在一篇〈雪泥〉（十月十九日《人間副刊》）文中，刊錄名畫家徐悲鴻與林語堂先生的書信，其中有云：

「……深慶　先生對外能以　大著多種昭示世界，既已不踁而走，危時又根據事實發為宏論，以策勵國人，宜其為人愛戴也。」

按原信手跡作「不踁而走」。脛字見《說文》，踁字見《玉篇》，二字雖可通用，但作「不脛而走」，則較為常見。

最後尚有一點「蛇足」要補充：徐氏手札末尾多作，林女士均釋為「弟悲鴻頓」。我以為當釋作「弟悲鴻頓首」才對，因為頓字往下引伸的一筆，就代表首字。例如宋朝米芾的手札〈伯老帖〉：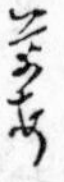，故宮博物院影印本即釋為「芾頓首」。一得之愚，特附於此，希望讀者勿笑我為迂腐，幸甚。

關於「平分秋色」

●迴響

《中央日報》八十年十一月十五日《長河》版刊載左秀靈先生〈「平分秋色」有出處〉，我看了之後，覺得應有答覆。

復興書局民國六十年出版《成語典》以來，雖然屢有增訂，而仍感缺略甚多。編者曾於許多年前，邀集數人加以增益，早已成編；只因出版方面延誤，增編本一直到七十八年方才出版。

查《增編成語典》四二〇頁，已列有「平分秋色」一條，引李朴〈中秋〉詩云：

「皓魄當空寶鏡升，雲間仙籟寂無聲。
平分秋色一輪滿，長伴天衢千里明。」

此詩的作者，據《宋詩紀事》是李朴，宋時人；而《千家詩》（通行本）卷四則作季朴，注云：唐時人。《宋詩紀事》卷三十四云：「朴（一〇六三—一一二七），字先之，虔州興國人。紹聖元年進士。高宗即位，除祕書監，未拜而卒。有《章貢集》。」《宋史》有傳（卷三百七十七）。《宋詩紀事》錄〈中秋〉詩，云輯自後村《千家詩》。

這部《增編成語典》，因篇幅繁多，定價稍貴，發行不廣。想來左先生沒有看到。特在這裡略作說明，尚希讀者見諒，並向左先生致意。

〔附錄〕

「平分秋色」有出處

左秀靈

張公鑑先生的大作〈平分秋色與平分春色〉（七月一日《成語出迷宮》專欄），文中謂：本成語「平分秋色」十分通行，但卻不見出處。……

筆者查證結果，發現繆天華教授主編的《成語典》，只蒐「平分春色」，而多本成語辭典只蒐「平分秋色」（如《成語源》及中共印行的全部成語辭典）。

由海峽兩岸印行的成語辭典來判斷，應以「平分秋色」爲正規且較通行的成語，因大量的成語辭典中，大概只有繆天華教授的選擇異乎尋常，只蒐罕用的「……春色」，而不蒐常用的「……秋色」。

出處見宋人季朴的〈中秋〉詩：「皓魄當空寶鏡升，雲間仙籟寂無聲；平分秋色一輪滿，長伴雲衢千里明。」

又，早在唐代大文豪韓愈的〈合江亭〉詩中的「窮秋感平分，新月憐半破。」已可看出

「平分秋色」的影子，豈能說「平分秋色」無出處？不知當否？敬請張先生及讀者指正。

「清談誤國」

•同音壁

晚上翻閱報紙，看到一月十二日《聯副》載著柯靈先生的〈隨筆與閒談〉，其中說：

「晉人好清談，一部《世說新語》，就記錄了多少錦心繡口，雋思妙諦。……世有所謂『清談誤國』的說法，王羲之就反駁過謝安：『秦任商鞅，二世而亡，豈清言致患邪？』」

我看了心裡起了懷疑：「王羲之曾經說過這話嗎？」於是拿下書架上頭的《世說新語》（封面已經破損了），翻到〈言語篇〉，就看見這樣的一則記事：

「王右軍與謝太傅共登冶城。謝悠然遠想，有高世之志。王謂謝曰：『夏禹勤王，手足胼胝；文王旰食，日不暇給。今四郊多壘，宜人人自效。而虛談廢務，……恐非當今所宜。』

謝答曰：『秦任商鞅，二世而亡。豈清言致患邪？』」

治城舊址，在今南京市朝天宮附近，相傳三國吳冶鐵於此。這事又見於《晉書》卷七十九〈謝安傳〉。但是據程炎震的考證說：「王、謝冶城之語，《晉書》載於安石執政時，誠誤。」（《世說新語箋證》）時間恐應更在前。

這只是一點小疵，把王、謝二人的對話搞錯了，謝安的話誤爲王羲之。或許是作者一時的筆誤。請別笑我是一個好事之徒，我把它指出來，並無什麼惡意，只恐怕貽誤讀者，積非成是。

杜撰・杜詩

這幾天天氣突然變冷，只好躲在屋裡看副刊。翻到一月二十三日《聯副》，赫然觸目是水晶的〈我看張愛玲的對照記〉。這篇〈對照記──看老照相簿〉曾經在《皇冠》雜誌連載，可惜我沒有看過。現在不妨先看名家的評介吧！

水晶先生是有名的「張迷」，有關張愛玲的資料最多最熟，快評妙語，不絕如縷。他在評介中說：

「除了資訊方面的不可或缺外，讀〈對照記〉的最大收穫還是文字方面帶給我的愉悅，……張愛玲在比較重要的散文中，最喜展露這一招，亦即『語不驚人死不休』之招。……《流言》中〈私語〉一篇，她說：『夜半聞私語，月落如金盆。』（按『夜半』，《流言・私語篇》原作『夜深』。）好個『月落如金盆』！恕我譾陋，這行對句想必是杜撰。」

恕我「泥古」，我認為這兩句並非張愛玲杜撰，是她借用杜詩。杜甫〈贈蜀僧閭丘師兄〉詩：

夜闌接軟語，
落月如金盆。

「軟語」出佛經。《華嚴經》：「菩薩摩訶薩有十種語，一者柔軟語，能使一切眾生得安穩。」《法華經》：「巧說諸法，言詞柔軟，悅可眾心。」《維摩經》：「所言誠諦，常以軟語，……善和爭訟。」「落月如金盆」，王嗣奭《杜臆》：「公詩善用借景，如『落月如金盆』與『隴月向人圓』，皆據一時所見之景，而傾蓋歡洽之意自見。」

她只把杜詩上句更動了三個字，下句顛倒「落月」作「月落」，便成為她自己的語句了，所以這兩句原文加上引號。

她喜用古語或俗語而更動其中一、二字，意在嘲弄諧謔。最近我看到她的一篇〈編輯之癢〉（八十二年十二月二十八日《聯副》），說：

「前兩天看到《皇冠》十二月號連載的拙著〈對照記〉（中），……這一段原文是：

事實是我從來沒脫出那『尷尬的年齡』，不會待人接物，不會說話。話雖不多，夫人不言，言必有失。

……不料刊出後赫然返璞歸真，成為：

夫人不言，言必有中。

自嘲變成自吹自擂，尤其是認識我的人都知道我說話往往不得當，……大言不慚，令人齒冷。」

「夫人不言，言必有中。」原句見《論語・先進篇》。夫人，此人也，指閔子騫。這是孔子贊許他的弟子閔子騫的話。

不知高明的讀者看法如何？

北遊涉筆

●灕江上的奇峯峭壁

我的腳一踏上桂林，我立刻被那清奇無比的山水迷住了。（參見圖十六）

上午九點多在灕江碼頭搭乘遊覽汽船，船很大，可容數十人。遊客都要在船裡吃午餐，六人一桌。我們一行是十七個人，剛好三桌，還加了一個攝影小姐（推銷瓷碟的）。一下船，我們就各選定了一個位子坐著。

天色是陰沉沉的，灰濛濛的，看著玻璃窗外的山容水色，覺得減色了不少。假如碰到天氣晴明，自然可以盡情地欣賞灕江的秀麗，就是在下雨天，烟雨迷濛的江上，也會另有一番詩情畫意。只有這種天氣，最會使人掃興。而且船艙裡又太嘈雜，鄰桌在豁拳、鬧酒，好像這些人不是爲遊山玩水而來，而專爲喝酒豁拳而來。他們到處旅遊，只是爲了「某某到此一遊」而已。

這時候我心裡在想：如果坐在明窗淨几的船艙裡，泡一壺清茶，擺著幾碟茶點，喝著茶，一面觀賞江上的奇峰峭壁，這才算懂得領略。但是我知道這些空想決不會實現。我看見有的遊客跑到船的上層去，於是我也背著我的照相機走向頂層去。

天色仍然是灰濛濛的，欲雨不雨。桂林特有的峭拔的峰巒，呈現在眼前，像一幅褪了色的古山水畫。上面的風很大，汽船乘流而下，船身顛簸得很厲害。站在上面，風景雖然可以一覽無餘，只是我的脚站不穩，而且我向來有暈船病，不能久留在上邊，只好靠著欄杆，草草地觀賞了一會。我又請導遊跟那個攝影小姐各替我拍幾張相片，也不管取景怎樣，只碰運氣。

從桂林到陽朔，全航程有八十多里。韓愈有〈送桂州嚴大夫赴任〉詩云：「蒼蒼森八桂，茲地在湘南。江作青羅帶，山如碧玉篸。……」他把灕江比作青色的羅帶，倒是善於比方，除了有幾處偶然彎曲，其餘都是順流直下，平坦得很。兩岸的峰巒灘石，如象鼻山、浪石、螺螄山、五指山、老人峰、龍頭山……，和江水相映成趣，眞有使人應接不暇的情況。假如以後有機會重遊，希望能夠碰到一個晴朗的天氣，以平靜的心情，再細細領略一番。

……

……四個鐘頭在遊覽船裡上上下下地走著，不知不覺就過去了。下午一點鐘左右，船抵達陽朔。

●闊別四十年兄弟會面

在頤和園內德興館吃過中飯，遊覽車把我送到香格里拉前面，司機說：「過馬路，右邊那幾座樓房就是昌運宮了。」可是天暗下來，下起幾點雨來了。我趕快走，那兒正在修馬路，堆著一大堆的泥沙，我繞了好些路，才找到一號樓，……四號樓。我在鐵欄杆外，看見裡面有一個女人，我問她：「有邊門可以進去嗎？」「沒有，你得繞道從電子公司旁邊進去。」她回答。但是雨下得更大了，我用背包遮住頭，衣服已淋溼了。

在黑暗的走廊裡好不容易找到電梯口。開電梯的女孩子對我說：「電梯只到第十五層，你要上十六層，還得走上一層。」探索了好久，終於到了1602門口。我連忙敲門。出來應門的是裴芙。——我猜是她，她是我的姪女。

大哥從臥房裡出來，接著大嫂也扶著手杖慢慢地出來了。我們握著手，除了說「許多年不見了」外，一時都想不起說什麼話。我那時被雨淋得很狼狽，裴芙忙著把我的上衣拿去，擦擦乾。

「叔叔，你的眼睛怎麼紅了？」她問。我拿鏡子一照，果然左眼紅了一大塊，大概是車子裡太熱了的緣故。我從背包裡拿出眼藥水來，點了一下。我把帶來的一點小禮物託裴芙幫我分配後，就到書房裡去。

大哥跟我談些老家的瑣事，以及母親在病中以至去世後的淒涼情況。……

「我們的老家廳堂前面本來有一副孫衣言寫的大字對聯，」沉默了一會兒，大哥忽然想起，說：「是刻在柱子上的。在文革時期，竟被毀壞無存，——是用刀子把雕刻的字跡刮得平平的！……」接著他又說：

「這聯語我還記得，是：『大翼垂天九萬里，高松拔地三千年。』我希望你把它臨寫一副，留作紀念。」

「我已經很久沒寫毛筆字啦，怕寫不好。我想請一位書法家來寫，怎麼樣呢？」

「非要自己家裡的人寫，才有意義。……你回去練一練，再寫吧。」

後來他拿出一本詞典，指給我看：

「這是臺灣翻印的我主編的《中國音樂詞典》，幾乎刪去現代的部分，倒成爲一本古典音樂的詞書了。編的人的名字全不見了，珍貴的插圖也改換了。……」

大哥送我的那部《中國音樂詞典》是有四、五十頁的精美插圖，其中有宋明人畫的唐代宮樂圖、宋代奏樂圖、伯牙彈琴圖，以及古墓出土的樂器圖，這些都是極珍貴而有價值的資料。臺灣盜印的風氣太盛了，又多是「偷工減料」，提起來眞會令人慚愧。

這時我的堂弟天成夫婦來看我。我們分別已將近五十年，我看他比前胖了，頭髮也有點花白了。他拿了一本《文史資料》給我看，第一篇就轉載我的一篇文章〈孫衣言兄弟逸事〉。這篇雜文曾在《人間副刊》登過，後來收到《湍流偶拾》裡。孫衣言是孫詒讓的父親，以善於書法聞名，前面提到老家堂前的楹聯就是他的手筆。

晚上，他們做了許多樣的菜請我吃。我又嘗到家鄉的銀魚，可是味道和記憶中的卻不相同了。初次吃到北京水梨，甘脆生津，果然好吃。

時間過得太快了，所談的話還沒說完，已經九點多了。天成夫婦要趕公車回家，我也該走了。大哥說：

「下次來多留幾天。……」

臨走時，他送我一本增訂本《律學》，還夾著一張字條。我打開一看，就寫著那副對聯的聯語。

●迤邐羣山中長城的雄偉氣勢

那天突然轉晴，北方的春天格外和暖。上午，參觀明十三陵。廣闊的通道兩旁，陳列著許多對的石象生，背後是一望無際的垂柳，這是北地特有的遼廓的景色，使人精神爲之爽快。又走下地下很深的墓穴，去看明神宗萬曆皇帝的定陵。那裡放著三具棺槨，說是萬曆皇帝和后、妃的棺槨。導遊說：「這些都是複製品。」墓穴中的壁上掛著一些圖片說明，我都不及細看。

午後，遊覽車開出居庸關外，向長城的登城口開去。氣象報告說：午後要刮風。北方的風沙怎麼樣，還沒有經歷過。初次登上長城，我不免覺得非常興奮。長城在群山中迤邐曲折，向東延伸而去。在險要的地方，築有城臺。共有八個。一群群的青年男女，穿著紅色或雜色的衣服，用著他們輕快的腳步，向前面登上去，有的拿出照相機攝取長城各種不同的雄姿。八達嶺是居庸關的北口，這裡山勢高峻，對長城綿延起伏的遠景，看得最清楚，所以成爲遊人沓至的勝地。

在我的附近，背著城牆，面對城堞，站著三尊巨大的神像。我不知道他們叫什麼神，也沒人可以問，姑且叫他們護城神吧。他們受著人們的冷落，孤寂地站在那兒，似乎已經喪失了昔日的威風。我登上城頭，一時不辨東西南北，我只認得有城堞的一面是關外，而城牆的一面當然是關內了。這時候城頭的樹枝還是光禿禿的，未生出嫩葉，關內外並無明顯的分別。但是在城堞的一邊下面，看見有幾匹駱駝，在那兒吃飼料，這正可以證明是城關外的景象。

我提起腳步，正想向前面的幾個城臺走上去，那個小鬍子的領隊卻走過來，指著我的胸前的照相機，對我說：

「您要拍照，我可以替您拍幾張。可是別一個人走。……去年有一個遊客，六十多歲，他不要我扶，自己走上去。下來的時候，忽然一陣風從後面刮來，把他一個倒栽葱滾了下去，……後來在醫院裡住了近一個月。教授先生，千萬別逞強啊！」

我和他商量，讓我走上一個城臺，替我拍幾張更清楚的照片，然後就下來。他拗我不過，只好陪著我走。我還是想待在城上一會兒，望著那歷史悠久的古老長城，在沉思冥想。忽然有幾句慣熟的句子湧上我的心頭：

「秦起長城，竟海為關；荼毒生靈，萬里朱殷。……」

咳，趕快打住。怎麼弔起古來了？……可是，現今還不是一樣的？……想不到輝煌燦爛的史跡後面，常蘊藏著驚心動魄的慘事。只爲了滿足某些人的貪得無厭的雄心，多少的征人戍卒，他們的白骨長埋在長城底下；多少無辜的人們，要遭歷火宅劫波！……這樣想著，彷佛城頭的春天的陽光都黯淡下去了。……然而我睜開眼睛細看，春陽仍舊很明亮地照著，風猛烈地刮來，沒有揚起塵土，也不覺得熱，這眞是遊長城的好天氣。

領隊拉著我的手，催我下去。長城上面，是用許多塊長方形的岩石砌成的，經遊人的踐踏，變成了很光滑。有幾處下去很陡，又沒有石級，風從背後強勁地刮著，假如脚步一鬆軟，站不穩，眞有粉身碎骨之虞。那時候我想想倒不能不感謝這位熱心的領隊呢。

晚上回到旅館，我不斷地流鼻水，有點發燒。我被同隊的人傳染到感冒了。我用熱水沖泡一包在寶樹堂買來的感冒靈，喝下去，覺得舒服了一點。倒在床上，沉沉地睡去。……在昏睡中，我夢見自己以輕快的脚步，踰越長城上那幾座險峻的城臺，一直向東躋騰而去，恍惚間彷佛到達了山海關。……

雨窗弄筆

●雨窗宜遐想

我生性特別怕熱，夏天一到，覺得日子非常難過。假如整天坐在冷氣房間裡，久了也會覺得不舒服。樹陰下的涼風拂人，那才快適。雨天是沉悶的，但是夏天的雨則不然。無論是驟雨，雷雨，霖雨，疏雨，細雨……都能使溽暑消滅。所以在悶熱的夏天，一到下雨我反而歡喜，感到「又得浮生半日涼」。東坡有聯句詩云：「夏雨淒涼似秋。」眞正形容得好。只有暴風雨，大颱風，我是害怕的，默禱它別來，因爲我住的房子已經破舊不堪，一遇狂風暴雨，處處雨漏，不但架上的書被淋溼了，床榻一夜之間都要移動好幾次，使我不得安睡。……但願這種壞天氣不會常有。

雨天出門不便，只好坐在窗下眺望。窗外的雨瀟瀟地下，或濛濛地下。水珠積在樹葉上，風吹過來，淅淅瀝瀝地落到草地上。院子裡的花草，在雨中俯伏著，似乎在等待風雨過去。看天空，灰灰的，鉛色的，眞有「八表同昏」的感覺。單調的滴滴答答的雨聲，聽久了會覺得厭倦，無聊，……這時候假如有朋友來訪，一定會很受歡迎的。可是在這樣的天氣，誰都懶得出門，這空想也不會實現的。甚至於有時連一個電話也沒有，好像這下雨天使得人們懶得電話都不想打了。

這時候，最好找一本好書來看看。可惜在我的書架上，灰塵、蟑螂屎多的是，能引人入勝的好書卻少得可憐。惟一可以消磨時間的方法，是讓我的想像無限制地飛騰，沉思遐想無拘束地奔馳。

空想倦了，偶然也會拿起筆寫下一些什麼來，下面的這幾篇就是這樣地寫成的。

・好人

上次去休士頓，碰見剛從大陸出來的孫兒，我問他鄉下老屋的情形。他雖然早已不住在那裡了，可是對那邊還很熟悉。他的烏黑的大眼睛不停地轉動，滔滔不絕地說：

「……那兩扇大門已經掉落了，靠在一旁。西院那株桂花樹，早被砍掉當柴燒。老屋已經變成了大雜院，住著許多戶人家。舊房子有的坍倒了，斷磚碎瓦，沒人整理。空地上又添蓋了高低不齊的樓房，顯得老房子更加破舊暗淡，過去那種整潔的光景連影子都不見了。後門河邊的大樸樹不曉得什麼時候也砍掉了，那地方現在堆著零亂的稻草。……遠遠的對岸，有一個高祖父的墳。聽他們說：鬧得最兇的時候，地方上有幾個老人出來說：『這個墳裡的人，生前對人們都很好，是個大好人。你們千萬別損壞他的墳上的一磚一礫啊！』因爲這樣，它才能夠完整地保存下來。……。」

「哦，原來如此！」留著鬍子下巴長長的和藹可親的祖父的面影又在我的眼前呈現出來了。

每天清晨，他總要拿著鷄毛撢子和小竹枝，從小樓開始，經過小廳、會客室，一直到花園裡，把蜘蛛絲、灰塵拂拭得乾乾淨淨。掃帚也是常不離手的，一看見地上有垃圾，馬上就把它掃去。看見家具有壞了的，總要自己動手修理，壞得厲害的，就拿到樓上的工作室裡修，那裡陳列著鋸、鉋、銼、鑿、鎚、鉗……等，凡是木匠所用的工具一應俱全。

他非常愛惜東西，總捨不得丟掉。像香烟盒子裡的錫箔，都要一張張摺起來，整齊地放著。積多了，就把它鎔掉，鑄成錫塊。所謂竹頭木屑，都會有用途呢。

但他絕不吝嗇，相反地，尤其是對人，他是很慷慨的。他特別好客，不管什麼客人來，烟和茶是免不了的。他自己抽水烟，也抽香烟，香烟每天二小包（每包十枝），其中一包專待客人。

他有一種優厚的特性，這在別人很少見的，就是他從來不背後說人家的壞話，如像「某某人眞討厭！」「這個人壞透啦！」「以後他來，再也不理他了。」……這些惡言，決不會從他的嘴裡說出來的。卽使碰到極不愉快的事，像花盆被人打碎了，花木被折損了，他也不過自已皺著眉頭，焦急不已，沒有咒罵別人。

這次到北京，在大哥家看到一幀他的舊照片，依然是留鬍子長下巴慈祥安和的老人，我拿起照片，凝視了好久，越看越使我敬愛。照片上寫著：享年六十五歲。他沒有活到大浩劫時代，這也許是他的福氣。

假如他看到多少珍貴的古物被摧毀，多少善良的人們被殘殺，他會怎樣感受？而他自己呢，又會受到怎樣的遭遇？……不是有所謂「善霸」的罪名嗎？……啊，我眞不敢想下去了。

一封愁苦的信

世上惟一同情我的朋友：

很久沒接到您的信了。……我長期病患纏身，時好時壞，很是痛苦。現在又患了食管吞嚥困難症。在開封治了半年，無見效。六月間我到鄭州人民醫院就診，做了胃鏡照片，醫生診斷是胃和食道發炎。……醫生並說，現在如果不用藥控制，將來會轉癌。……我聽了心裡很難過。我的兩個孩子還需要我照顧。大良因是罪人的家屬，無辜受到監禁，迫害，以致身體羸弱多病，還沒成家，也沒有好工作。小女兒更不必說了，也是瘦瘦的一副可憐相。……他們雖然整天打拚忙碌，因為根基太差，又沒人幫助，毫無前途。……我家在文革中的慘狀，我不敢再想。……我只看到他的屍體，什麼罪名，如何處死，我一點也不知道。……冤獄提了二十多年，至今仍舊得不到賠償，無處申冤。

您對我的接濟，使我們能活下去，我和孩子們都很感激你們。當我接到您寄來的錢的時候，我感動得流下眼淚，我知道您也退休下來了，並不充裕，自己家裡又遭不幸，大女兒亡故。……我真內疚，您在這樣的逆境中還要照顧我。

為了我的病體，我不得不再向您懇求，在可能範圍內，請給我再寄些錢。……我帶病寫信，信寫得很不好，請原諒！在這世上，除了您之外我真真是舉目无親呀！……

病苦人××上三、四、

以上是逸菴夫人寫給我的一封信，除了改正幾個明顯的別字及因冗長而加刪節外，其餘我都照原信抄錄。

逸菴是我在上海和家鄉時往來最密的好友。自從在家鄉分手後，我們不斷地有書信往返。我每次碰到挫折，總要向他求教，而他也總會給我妥善的意見或鼓勵。他是我的朋友，也是我的良師。我們之間頻繁的通訊，一直到三十八年以後才告中斷。

那年清明節，我心血來潮，單獨出遊，參加一家旅行團，向梅花湖出發。車子穿過一片墓地，約有一千左右的大小墳墓，都用瓷磚砌成。正值掃墓季節，墳頭散布著無數的金銀箔。掃墓的人絡繹不絕，又有小販擺臨時的攤位，賣香燭銀箔水果冷飲，使得遊覽的車都通不過去。這時候我忽然想到死亡，想到逸菴，……我有點爲他的安危操心。因爲那時大陸上的變亂已經開始，許多慘無人道的消息時時傳來。……可是馬上我又自己安慰著：他素來是一個穩重而沉默的人，應該在這大風暴中可以應付過來。我何必「替古人躭憂」呢？……而且他在信中還時時提醒我，要我的言行特別小心，以免將來遭到「无妄之災」。

梅花湖歸來後，我用通信的體裁寫了一篇短文，預備將來留給他看，以博一笑。以後又陸續寫了兩篇，雖然他的音信一直杳然，我總希望會有一天可以見到他。

可是，後來的一些消息粉碎了我從前的夢想。眼前的這封信就是其中之一。我的好友那種穩重寡言的性格，也終於難能自保！——他曾任河南大學副校長，這是禍根。……令人沉痛悲哀的是：多少善良熱情的有爲者，被他們的虛幻的理想所毀滅！……這世界太擾擾，太複雜了！

對他的遺眷，我的緜力……又能做什麼呢？

●怪誕的老人

今年春天，我利用一週的假期，到大陸旅遊。我們這一團，共有二十幾個人，其中有各色各樣的人，都是我不認識的：有廚子帶著他的年輕的妻子還鄉探親，有學校教員，有主婦帶著孩子，也有退休的老人。

從桂林搭飛機飛北京時，同團的一個老者坐在我的旁邊。聽說他曾經是個有名人物，青色的面孔，戴著一頂鴨舌帽，年紀有八十出頭了。他開始和我寒暄，自己介紹，他姓古（也許是姓谷，我分不出來）。先從屈原的自殺談起，慢慢地談到當代的大人物，一些敏感的問題。……我起初還勉強跟他敷衍，後來漸漸聽得不耐煩了，我就向他說：

「您是學者，我對時事，什麼都不懂，……對不起。」

說完，我轉過頭去，望著機窗外遠空中的白雲，掩耳不理。

他還一直在嘀咕：……什麼「良心」……「我還要活著看看」……我只聽到一些斷句。實在說，我眞不要聽這些廢話。

他氣我不理他，索性跟他的女兒換了坐位，坐到左邊的窗口去了。

到了北京，我們住和平飯店。有人中途離開，和我同房間的那個人走了。我問領隊，要分配什麼人跟我同住。

「你們兩位教授住一個房間，談話方便一點。」小鬍子的領隊說，好像對我們兩個格外優待。

「我跟他談不來！」那一位沉下臉，大聲地說。

我把領隊拉到一邊。

「我也不喜歡跟那個古怪同住。讓我單獨住一間，我寧願加錢！」我堅決地說。

眞是所謂「塞翁失馬」，在北京兩夜，我都是一個人住，樂得淸靜。

到廣州，遊覽越秀公園、國父紀念館、黃花岡七十二烈士墓。

老先生右手拄著一根手杖，左邊他的女兒攙扶著，旁邊還跟著一個小女孩。他從來不露笑容，他的身材高大，走路有點龍鍾，似乎滿載著憂愁，有不勝荷負的樣子。他很少和人家說話，人家也不敢跟他說。

在黃花岡烈士碑前，那裡遠處可以隱約地看見國父題的「浩氣長存」幾個大字。有人想替他拍照。

「我不要拍，在這裡！」他嚴厲地加以拒絕。

「我的爸爸的脾氣很怪。」他的女兒走過去把那人勸開了。

是不是他已經中了什麼毒，認爲黃花岡烈士是叛徒，像康有爲那樣把國父的革命看作「大盜遂移國」（〈贈弟子徐君勉壽詩〉）呢？……我不禁痛心地在想。

崎嶇路之後的佳境

我年輕的時候夢想做一個文人，或者翻譯家，可是人間世不如意事十常八九，後來作家的夢幻滅了，卻做了一個不知老之卽至而「誨人不倦」的教師。

抗戰開始時我在上海租界裡。東方雜誌社被炸燬了，文匯報館被丢了手榴彈後，門口已經裝上了鐵絲網，雜誌都停刊了，上海已成了死寂地帶。於是我決心離開「孤島」的上海，回到家鄉。

我的大哥把我介紹到溫師，恰好有一個教員臨時變卦不來，我就補了這個缺。校址在鄉下鄭樓。走出瑞安南門外，渡過飛雲江，雇一隻小船，就可以划到學校的後門口。

那是在二十八年的初秋，我從埠頭走上來，船夫幫我提著行李。

「這個搬行李進來的，你看看，是學生呢，還是教師？」聽到背後有一個工友的聲音這樣問。

「看他的樣子有點老練，恐怕是教師吧！」另一個，聲音低沉而沙啞的，說。

我心裡想道：「教書，我是教過的，……說老練，還談不到呀。」

我像學生似的，又過著團體的生活，大家都到飯廳裡喫飯，吹了號進去，開動，五分鐘解散。七人一桌，站著喫，菜一盤盤地輪流著喫。飯是喫得飽的，營養不一定夠。

給我最大的壓力的，就算是改文卷了。每兩週作文一次，我擔任兩班國文，差不多每週都得提筆修改堆積如山的學生的習作簿。

隔壁住著一位大鼻子先生，他對我好像很親切（其實居心叵測），是一個很有派頭的人物。他時常買了甜點送我，偶然也會拿一本什麼簿子，要我在封面上寫幾個字，並且誇說我的字寫得漂亮。夜晚又要帶我去逛街，那裡只是一個簡陋的小鎮，冷冷清清的。他睡在床上的時候還跟我聊天，我不好不答應，直到他打呼嚕的聲音響了，我才得安寧，趕快草草地做完該了的事。

有一位同事蕭老先生，留著長而黑的鬍子，態度蕭灑可親。他雖然教的是數學，卻深信道家的養生之術。每天早上挑了六十五斤重的石頭，在田塍上跑步。他鰥居已久，氣色紅潤，健步如飛。

「女人最貪，」他望著我的臉色，關切地說，「一次嫌不夠，總要兩次。……你要知道，一滴精是由許多滴血變成的呢。年輕人呀，好好地保重！」

我喜歡聽他有風趣的談話，因此常常跟他接近。

那時沿海一帶隨時會有日軍登陸的可能，第二年秋天，我懷著杞憂，離開了溫師到江西去。

後來聽說：這位老先生在一次運動會中，不服老，參加馬拉松賽跑，用力過度，受了傷，病倒了，不久竟去世了。這是很令人痛惜的。

* *

十三中分校在江西鉛山，我在中秋節後，才到那裡。這是一個荒涼的小城，街道狹窄，全用大小不同的石子鋪成的。分校的規模很小，只有十幾班。校舍是分散的(避免空襲)，教室都借用南門外的祠堂或廟。教員根本沒宿舍，得自己租房子住。

我是隻身先去的，王君幫我找到一間房子，在南門內一座古老的住宅裡朝南一間小小的廂房。說好租金，我就搬了進去。房裡靠窗放一張書桌，旁邊貼牆放著一個舊式木床。一盞菜油燈，半明不滅的，使得屋裡黑影幢幢，增加了神祕恐怖的氣氛。我睡到半夜，忽然被外面悲慘的呼叫聲驚醒了。我推門出去看，在朦朧的夜色裡，看見正屋屋頂上站著一個白衣女人，披頭散髮，一隻手拿著一塊白的什麼東西向空中高揚，一面呼叫著：「來歸啊來歸！……」我嚇得寒毛直豎，連忙逃回房裡，躲到帳子裡，動都不敢動。

第二天一早我跑到房東那裡，驚悸地說：「龔先生，昨夜裡我看見一件怪事……」

「俺這裡鉛山，」他端著水烟筒，微笑著，攔住我的話解釋道：「有這風俗，凡是小孩子傷了風或是什麼的，家人就拿他穿的內衣，夜裡爬上屋頂，向空中高揚三次，呼喊著『來歸啊來歸』，叫做『招魂』。這比喫什麼藥都還靈驗！……以後你千萬不要怕啊。」

後來我看到朱子解釋《楚辭・招魂》說：荊楚的風俗，除招死者的魂外，也有用這儀式去招生人的魂，解除他在道路上的辛苦，使他的精神得到平靜。如杜少陵的詩（〈彭衙行〉）云：「煖湯濯我足，剪紙招我魂。」說的就是這情況。江西民間，到現在竟還保存著這古老的風俗呢。

我到鉛山的時候，學校已經上課了。我教的兩班，一班教室在祠堂裡，另一班在廟裡。祠堂後面還住著人家，走廊裡晾著衣服和尿布之類，上課時常有雞鴨大搖大擺地闖進教室裡，這時候就有學生會站起來，把牠們趕出去了。我下了這班的課，要急急忙忙趕到另一班上課，祠堂跟廟之間有一段坡路，快步走，剛剛走到廟門口，就聽到上課的鈴聲了。另一班的教室在廟裡的戲臺上，旁臨一條溪流，光線較好，風景也很清幽，美中不足的是溪水日夜潺潺地喧騰，我在講臺上大聲喊，但不知道下面的學生們聽得清楚不清楚。不過這些年輕人多是從各地來的流亡學生，都很用功，上課沒有遲到的，逃課的事簡直不會發生。

鉛山城外，四周多小丘山，雜草叢生，所以這一帶蚊子特別多。晚上在房間裡菜油燈下批改文卷，或者看書，點了蚊香，還是趕不掉蚊子，於是我特製了一雙粗布襪子，是用兩層厚布做成的，使得蚊子叮不進去。穿起來固然熱，但總比兩隻腳被蚊子叮腫了好些。

在這裡，生活雖然清苦，可是精神上卻得到極大的安靜和愉快。因爲我愛這裡清幽佳勝的景物，巍峨靜穆的鵝湖山的遠姿，淳樸親切的人情味，還有這些刻苦天眞的學子，——他們都是眞心地敬愛老師，遠非大都市裡的學生們所能比擬。

* *

這個寧靜的生活，竟被一次鉛山大轟炸粉碎了。三十一年夏天我們被迫離開江西，跋涉了兩個月，好不容易才抵達吉山。這是我的生活中最艱辛的時期，然而不久勝利突然來臨了（三十四年八月十日）；而且一個偶然的機緣，我竟渡過海峽到了臺灣。

由「等因奉此」的公務員，而編輯，編審，終於又當了教師。我自己做學生的時候，最恨那些空洞枯燥，言語乏味的教師。在我走了一段崎嶇路之後，也得捫心自問：我是不是一個被人厭惡的迂夫子，或者是誤人子弟的腐學究呢？……王陽明說：「中心喜悅，其進自不能已。」能夠引起他們的興趣，這就是最好不過的教法啊。可是如何能夠達到這個境地呢？……有幾個人物是我時常會想起而不可磨滅的，現在就把他們幾位給我深刻的印象的言行記在這裡吧。

首先我想到的是家鄉彈詞家劉全德（本地人都叫他「東山德」），他是以唱《陳十四娘娘詞》出名的。這部彈詞全是土語，沒有唱本，要唱七天七夜方才完畢。我當時因為想搜集一些俗文學的資料，特去訪問他。

「阿德老先生，《娘娘詞》的故事很長，您怎麼完全記得呢？」我一見面就問。

「哦，我們幹這一行的，必須有極強的記憶力呀。」他的聲音沙啞而低沉。「比方說第一天要先迎神，把上下各方的神都迎來。如果迎來的是一百零八位，那麼最後一夜送去的神也應當是一百零八位，否則留下一位神未送，地方上就不太平啦！他們就非要扣我的錢不可了。……我拿發起人的名單一看，有幾十個人，隨卽擱在一邊。迎神之前，我把他們的名字，不看名單，一一念出來，一個也不漏。……他們就會信服我了。……我的徒弟趙環兒，雖然目前的生意比我好，因爲他年輕相貌清秀，……記性可差勁啦！常常唱不下去了，半夜三更來敲我的門：『師父，這下面怎麼唱啊？』我又不能不告訴他。」

「老先生，」我望著他滿是皺紋的臉和闊大的嘴，充滿了好奇心：「您如何吸引住那麼多的聽衆呢？」

「嗯，……我晚上躺在床上的時候，」他微微笑著，露出黃而黑的牙齒，思索著說：「總要想一想明天怎麼唱。……故事決不能改變，可是那些細節穿插嘿，可以隨意編造。要曲折生動，才會引人入勝哪！……有時候插一段笑話，引起聽衆一陣哄笑，也可以破破瞌睡啊。……我自己吶空下來時也看看書，歷史，小說，報紙都看。要是穿插一段新聞講講，也蠻新鮮的。……還有，一部詩韻，平聲的字我都背得爛熟，這樣嘿免得唱起來走韻。」

我覺得教師跟藝人多少有點類似，因此我老是想起他這些耐人尋思的話。我又聽說梁任公在北大任課時，上課的前一天不見客。在課堂上他講得很精彩，又喜歡背書，偶然背不出來，就用手指輕輕地敲著腦袋，沒幾下就又背出來了。……雜務多的人，書怎麼會教得好呢？

其次是弘一法師，——即出家前的李叔同先生。豐子愷在一篇隨筆裡說到他上課的情形：

「……我們走向音樂教室，推門進去，先吃一驚：李先生早已端坐在講臺上。……高高的瘦削的上半身穿著整潔的黑布馬褂，露出在講桌上，寬廣的前額，細長的鳳眼，隆正的鼻梁，形成威嚴的表情；扁平而闊的嘴唇兩端常有深渦，顯示和愛的表情。講桌上放著點名簿，講義，以及教課筆記簿，粉筆。黑板（是上下兩塊可以推動的）上早已清楚地寫好本課內容所應寫的東西。……到上課鈴響出，他站起身來，深深地一鞠躬，課就開始了。……有一個人上音樂課時不唱歌而看別的書，有一個人吐痰在地板上。……等到下課後，他用很輕而嚴肅的聲音說：『某某等一等出去。』於是這位某某同學只得站著。等到別的同學都出去了，他向這某某同學和氣地說：『下次上課時不要看別的書。』或者：『下次痰不要吐在地板上。』說過之後他微微一鞠躬，表示『你出去罷。』出去的人大都臉上發紅。」

李叔同先生以他的超卓的才情，又加以誠摯的「身教」，怪不得學生會對他五體投地的心折。

蕭乾有一篇散文提到他在劍橋的生活，說：學校的功課可以不去上，而教授家裡下午的茶會可不能不參加。……英國大學這種風氣，確值得我們效法。學生跟教師之間有機會多多接觸，溝通，這益處是課堂內所得不到的。有一年暑假，一個姓蔡的同學從南部來看我。她說：「畢業後我被分發到偏僻的學校教書，又被同事們冷落，我覺得很氣忿。想起老師曾經說過：『如果你心裡覺得憤慨不平，不妨拿起〈離騷〉來讀讀，必定別有所得。』我就把《楚辭》找出來，熟讀〈離騷〉，果然能夠體味出它的深沈感人的力量。這次參加考試，居然考上了清大的中文研究所。」……她的話多少給了我一點寬慰。要是沒有學生來聊天，我也就不知道自己平時講的話有了什麼效果了。

最後我要講吳經熊先生。聽說他在東吳大學任院長的時候，有學生向他提到教法的問題。他說：「教書是我的終身大業。你坦白地說，哪幾位教授是你們認爲最好的教師？我倒要去聽聽他們怎麼樣教。」他眞的跑到教室裡，去聽他們的課。結果引了一大群的學生、工友在窗外圍觀。

許多年來，我雖然曾經朝這些方面嘗試過，努力過，但是到底能夠做到多少呢？說實話，自己也沒法知道得很清楚。……然而我又想：假如教的人能於其中得到樂趣，學的人豈不是也會受著感染而覺得喜悅嗎？

我的大哥有寫作狂

在中國音樂界，大概都會知道繆天瑞這個名字吧，因爲他曾經編譯了不少的音樂理論書和一部音樂詞典，又主編過幾種音樂雜誌。至於我，他的兄弟，雖然不出名，而和我正好同名的國樂大師劉天華，倒是全國聞名的二胡演奏家兼作曲家，我以和他同名而引爲榮幸。

現在要從我的大哥的童年時候說起。

他小時候很頑皮，也很聰明，好動，家裡待不住，老喜歡往外面跑。常帶我出去，做一些淘氣的事。譬如叫我替他把風，趁沒人看見的時候，把擱在後門角落裡的船槳偷偷地背了出來。漆著淺藍色的小船向著大樹陰下的深潭那裡划去，在綠波上蕩漾著，漂搖著，打了好幾個圈子，還覺得不過癮。小船通過一座板橋後，又是一座石橋，向大河划去。那裡往來的船隻很多，得特別小心，以免被別的船撞到。尤其是那艘汽船，它一來，掀起一片大浪，浪花向小船的船舷打進，所以小船須及早迴避，掉過船頭，船尾向著它，可以避開洶湧如小山般的浪頭。在僻靜的小河裡，大哥有時候也讓我學習划船。這種運動和冒險，對我的童年生活是有益處的。

當我們回去正要把槳擱在原處，往往被祖父碰到。他準會暴躁而嚴厲地責罵我們一頓，一來是怕我們不小心掉到河裡，二來也擔心他那隻精緻的小船叫外行的我們給撞壞了。

我五歲的年底，父親在日本突然病故。大哥比我大六歲，已經十一歲了。叔父要負擔我大哥讀大學的費用。他是學醫的，畢業於日本千葉醫專，思想比較開通，就問我的大哥將來想考哪個大學？喜歡學哪一科？他從小喜歡音樂，二胡拉得很不錯，就回答說：要學音樂，想投考藝術大學。祖父也很贊成，他的房間裡壁上掛著一枝洞簫，無事時常拿下來吹著，也是滿喜歡音樂的。

中學畢業後，他就到上海入藝術大學音樂科，主修鋼琴。學校裡鋼琴不多，又沒有排定練琴的時間表，同學們都搶琴練習。他一早就起來，拿了一大杯開水放在鋼琴上，一連練了兩三個鐘頭，沒有離開琴。每天如此，四年下來，他對鋼琴的技巧打了很好的基礎。

就讀上海藝大的前後，他的性情突然變沉靜了。寒暑假回家，除了彈琴外（家中沒有鋼琴，彈的是風琴），就是伏案在寫什麼。他整天不出門，沉默寡言。書架上插著林語堂翻譯的《賣花女》，豐子愷譯注的《自殺俱樂部》……等多種英漢對譯本。此外，他也愛看小說、散文各種文藝書。後來家裡書架上擺滿了許多中外小說、戲曲……，都是他陸續買來的。

「大哥，我看你整天伏在案頭寫著，寫著，你準知道將來會有哪家書店肯把這些都印出來嗎？」有一天，我以童稚的好奇心唐突地問他。

「只要我的翻譯能夠做到正確，文字流利，我想總會有書店願意出版的呀。」他很有信心地回答道。「現在何必想得那麼多呢？」

上海藝大畢業的那年，他翻譯的《鋼琴彈奏的基本方法》出版了。這是他第一本譯書，在民國十六年。

他回到故鄉溫州，和同學們創辦藝術學院。不料債臺高築，不久就停辦了。年輕的時候，他長得很清秀，笑時有兩個酒窩，遠近有美男子的聲譽。他曾經在一個女中教音樂，受到許多女孩子的包圍，而弄得他很窘，……因此只好離開了女校。

民國十八年春天，他到杭州求職不成，轉到上海。那時我愛慕自由，獨自到了上海，寄居在巨潑勒斯路一個同學的寓所裡。大哥到時，臉色憔悴，袋裡空空如也。兩人都要挨餓了。他老是用手帕擦著手汗，一句話也不說。

「你爲什麼不寫信拜託以前的教授替你介紹工作呢？」我平時膽子小，一碰到困境，倒會出餿主意。

「對啦！傅彥長教授，我選過他的課。」他忽然想到，說。「他交遊很廣，也許有辦法。」

上海藝大就在我們寓所附近，我常到那裡旁聽文學課程。傅彥長教授開的是藝術論。他上課說一口上海話，很特別。他像平時面對面一樣，侃侃而談，取材淵博，言語超脫動聽，我最喜歡他的課。第二天上午，我就把大哥的信送給他。

過了幾天，回信來了。傅教授接洽好，要大哥給一家小書店譜曲（活頁流行歌曲），每首稿費二十元。大哥費了兩個夜晚的工夫，譜成一首歌曲。送到書店裡，竟被採用了，領到二十元的稿費。

隔了兩個星期，他又完成了第二首曲子。一天，傅教授約我們兄弟二人在一家廣東館子吃飯。他叫了兩客飯請我們吃，自己卻只要一杯咖啡，陪著我們。這樣的請客很特別，他的一切，都不同流俗。

之後，他又介紹我的大哥去同濟大學附中任教，月薪八十元。到了年底，大哥在吳淞鎭上租了幾間房子，把大嫂也接出來同住。從此他暫時脫離了窮困，過比較安定的生活了。

二十二年，他從武昌藝專轉到江西音教會任職。他的工作非常繁重，一身兼三職：一是主編月刊《音樂教育》，二是在樂隊裡擔任鋼琴演奏，三是視察中小學音樂教育。那年初夏我到了南昌，住在音教會內一間斗室裡，在湖濱公園中。他怕我在家鄉生活太懶散，所以叫我出來換換環境。我閑他忙。光是月刊，就瑣碎不堪，又有鋼琴演奏，一場音樂會完畢，他幾乎沒有離開露天音樂臺。這樣，他的身體累壞了，神經衰弱很厲害，夜裡常失眠。可是我幫不上他一點忙。

這時他翻譯該丘斯的《曲調作法》在《音樂教育》上連載。又向國外訂購了許多音樂書刊，將資料分寄作家，約他們撰稿。《音樂月刊》的內容比以前豐富多了，各方都紛紛寄稿來，以能夠在此刊物上發表作品爲光榮。

有一次，他到我的小房間裡，看見我在寫什麼。他說：

「你寫得太慢。……我倒擔心以後有哪個機關肯用你呢！」

我沒抬頭，也沒回答。我自知遲緩是自己的缺點，致命傷，只是一時改不過來。……這缺陷直到許多年後編《大眾副刊》時才稍微改正過來。……大哥這幾句話，在我的心中留下了鮮明不滅的烙印。

我在音教會的時候，跟北平李元慶最談得來，他在樂隊裡拉大提琴。我把西洋流行歌曲的英文歌詞譯成中文，又叫李君自以鋼琴伴奏試唱一次，改動了一些不好唱的字句。一連譯了好幾首，陸續在《音樂教育》上登出。我用「天華」兩字，想冒充劉天華的大名，蒙蔽過音教會程主任，怕他知道是不懂音樂的人翻譯，會不滿意。記得有一首小夜曲，曲調非常優美。有女高音在音樂會裡演唱它，效果很好。聽眾有的眞的以爲這歌詞是劉天華翻譯的呢。

到了秋天，我離開了南昌。

抗戰時期，他到了重慶。主編《樂風》雙月刊，同時在國立音樂院兼課。

三十一年，蔡繼琨任福建音專校長，聘他去永安吉山，任教授兼教務主任。那年夏天，日機濫炸鉛山，十三中分校被迫解散，我攜家眷也流亡到了那裡，暫作棲身。當時音樂人才極缺乏，他一個人要開許多門的課：如和聲學、對位法、曲式學、鋼琴等。深夜還要編講義，改作業。有一次編譯完和聲學一章，出去解手，回房時稿子不見了，遍找不到。後來在牆角裡發現一團紙灰，才知道開了門風吹稿紙被油燈燒掉了。只好重寫一遍。第二天他把這樁事告訴我，兩人只有徒嘆倒楣。

他在教學方面，因爲資料豐富，又能以深入淺出的方法，使得本來艱深枯燥的學科，變成輕鬆易解，所以很受學生們的喜愛。這是做教師的人惟一的快慰。

他曾經編過幾個音樂刊物，結交了許多音樂界的朋友，經由他的延攬，福建音專的師資逐漸充足起來，而人事也就較複雜了。不過這時已接近勝利了。

臺灣光復後，蔡繼琨任臺灣交響樂團團長，又邀他去臺北，任編譯室主任，副團長，並主編《樂學》季刊。……蔡氏後來離職赴菲律賓，大哥也就回家鄉了。這時候他在家靜心地整理他的譯著。

這些譯著計有十本，除三種外，其餘七種都是翻譯該丘斯的音樂理論書：《音樂的構成》《曲調作法》《和聲學》《曲式學》《對位法》《應用對位法》《曲式學》（續編）。當時都由上海萬葉書店出版。

三十八年以後，我和他之間完全隔絕了。我的母親在瑞安鄉下，從此也接不到她的來信了。

後來我漸漸知道，他到北京去了，在中央音樂院任教。……文革期間，聽說他在天津，任天津音樂院院長。這使我格外爲他擔心。……

大概在七十年間，偶然碰到一個從大陸投奔自由的學人，從她的談話中，得知一些關於大哥的消息：

「……文革的時候，他正做天津音樂學院院長。一個鄰居，因為每天看見他出入乘汽車，不覺眼紅，就寫了一封黑函檢舉他，說他是臺灣派來的，他的兄弟現在還在臺北，還有同事……。你要知道，在那個時代，一封信就是證據。他就被關在音樂院裡，不給他什麼東西吃。有一個女同事，知道他是無辜的，她冒了大險，扔給他幾個饅頭。他啃著硬饅頭，喝著冷自來水，總算沒有餓死。……隨後他又被揪出來，遭受著人間地獄的折磨。……到事平後，又給他復職，做著傀儡。可是經此打擊，他的身體已被整壞，滿頭白髮，沒有從前的風采了。……」

我聽了，心裡更加難過。

我的朋友萬君對我說：「在大陸，學人給揪出來戴了寫著牛鬼蛇神的高帽子，或者掛上什麼牌子，遊街示眾：這都是『家常便飯』。你何必耿耿於懷呢？」

到了七十五年秋天，萬君在東京碰見我的大哥的孫女繆力，她在東京國際音樂學院學習鋼琴。他回來告訴我說：她長得亭亭玉立，親切可愛。我們通了電話。盡我的緜力，我接濟了她一些零用和學費。

後來大哥託人帶給我一部他主編的《中國音樂詞典》。這部詞典共收古今中外音樂名詞、人物等近一萬條，約兩百萬字，六百多頁。內附精美的彩色插圖四十八頁，其中有長沙馬王堆漢墓出土的古樂器圖、殷墟婦好墓出土的石磬圖、敦煌莫高窟壁畫摹本唐代伎樂人樂舞圖……等，都是極珍貴的資料。這可以說是目前中國一部最完備的音樂詞典。

去年春天，我到北京，在他第十六層寓所裡逗留了半日。我們闊別了四十多年，一時不知從何說起。我們談了一些老家的舊事。對於大陸的情形，他眞是守口如瓶。只透露一句：他不是共產黨員。在這時代，要想不入任何黨派，並不是容易的事呢。他又說：「這個寓舍，在頂層，倒還清靜，只是逢著大風雨，就成了澤國。修也修不好！」

他所著譯編輯的書刊，共有三十餘種，這裡我不想贅錄。讀者如要知道其詳，請參看顏廷階編《中國現代音樂家傳略》一五六～七頁（臺北綠與美出版社）。其他短文及偶然作的曲，常用天澍、穆靜、徘徊等筆名，（臺灣盜印本將他改名天水，這是他的別名。）都未輯集，散見於各音樂刊物中。

上月，他寫信給我說：「我根據最近的新資料，把《律學》作第三次的修訂，現已完成了。」「律學」又可叫做「樂律研究」，律在音樂上是這麼重要，而卻最易被人誤解的一門理論。就是爲此，他立意寫這本書。

大哥生於一九〇八年，今年八十五歲了，精神還很爽朗。「我的爺爺有寫作狂」，他的

孫女繆力從東京給我的信裡這樣說。她這話我想倒是眞實不虛。在他有生之年，他是不會停止寫作的。（參見圖十二）

〔附錄〕

〈我的大哥有寫作狂〉讀後感

顏廷階

六月二十九日《中央副刊》曾刊載繆天華教授所撰〈我的大哥有寫作狂〉一文，顏廷階教授為繆天瑞、天華兩兄弟之學生，顏教授於閱畢「我」文之後，心有所感，特撰讀後感一篇，其中點滴軼事，值得回味。（《文心藝坊》編者）

繆天瑞、天華教授兩位同胞兄弟，在四十年代都是我的好老師。民國三十一年（一九四二）二月抗日期間，我由上海逃難，經杭州輾轉到福建永安（省都）下吉山國立福建音樂專科學校報到（借讀生），當時的教務主任便是繆天瑞教授，他教我們共同音樂理論課程，有和聲學、鍵盤和聲、作曲法；同時也教了理論作曲組的對位法、賦格、曲式學、作曲分析、配器法、管弦樂法等課程；而繆天華老師與盧前（字冀野，號稱江南才子）校長，分別教授「中國文學」與「樂章」課程。繆天華老師的代表作〈大禹治水〉清唱劇，陸華柏老師譜曲，與韋瀚章老師作詞，黃自作曲的〈長恨歌〉清唱劇可相媲美。

繆天瑞老師每週有三、四次在課堂上授課，他是一位文質彬彬溫文爾雅的學者，說起話來不快不慢，兩個酒窩跟著節奏而動，不但迷惑了女同學，甚至也使男同學們感到興趣，同時他在上講臺時，一向衣著整齊，在當年抗戰期間，一般人能有襪子、布鞋穿著已是不多，這與陸華柏老師從不梳頭髮、不刮鬍鬚，且經常穿一件阿兵哥的棉襖，赤腳趿著木屐，一上講臺「嗶啪」響聲響，顯然大異其趣；因此陸老師第一次上課，同學們竟將他當作工友！如今回想起來，當眞煞是有趣！

當年的老師們講課，簡單扼要，由淺入深，有條有理，極受同學們歡欣，旁聽生更是擠滿課堂，師生們以校作家，早晚相聚或歌唱或談笑，其樂融融！老師們不會爲自己作「宣傳」，更不懂「包裝」（在當時根本無此名詞），今日年過七十的老學生，才慢慢認知了解老師的一切。難怪在臺灣的後起之秀，大概只知道「繆天水」，而不知道是「繆天瑞」教授。

目前兩岸文化交流頻繁之際，臺灣每年有不少國際性的樂壇人士舉辦音樂講座、學術研討交流活動，策劃者與主辦單位，實該邀請老一輩學有專長的大師級學者，如我國第一代碩果僅存的趙梅伯（一九〇五）、賀綠汀（一九〇三）、繆天瑞、洪潘（一九〇八）、郎毓秀、喻宜萱（一九〇九）、丁善德（一九一一）、江定仙、蔡繼琨（一九一二）、陸華柏（一九一四）、周小燕、蔣英諸氏前來訪問，講學，使他們的專業學識得以傳承，俾收「啓迪後昆」之效益，這是何等值得中青代的音樂界人士予以重視。

交換教學

許多年前，在「筆會」做事的劉小姐有一天打電話問我：「有一個美國研究生，想和你交換教學，你同意不同意呢？」

「美國的學生很懶惰，交換教學嘛，開始很熱心，可是不到一個月就會停掉。」我想起另一個美國人，他要讀《老子》，也是和我「交換教學」。開始時我計算著：《老子》八十一章，快一點也許五十次可以講完；不料才講到第五章就停止了。因此我這次只冷淡地回答她。

「不過這個研究生的年齡比較大，很用功。他是《紅樓夢》專家，跟一般年輕的人不同。你不妨先跟他談一談，怎麼樣？」

於是約了他來看我。這就是S君。一個文靜清秀的美國人，三十多歲，他正在某著名大學中文研究所念碩士班。

「我在中國文學史的書裡碰到許多問題，我就去問那位教授，他叫我問班上的同學。」他手裡拿著一張紙條，對我說：「而同學們呢，所知道的也很有限。……我常去聽同學們背後大大稱讚的名教授的課，只覺得平平沒什麼，反而被同學們冷落的教授，我靜心地聽他的課，倒覺得他有眞學問，不過口才差一點……。這裡有幾個問題，我想順便請您解釋一下。」他遞給我那張紙條。他是看過我主編的《成語典》的，所以來找我。

問題大概有十條，其中有七八條我是知道的，當時就告訴他，其餘幾條我要他稍等一會兒，待我查考後再告訴他，並且簡要地寫了下來給他。他聽了後，沒有再問，似乎已經滿意了。於是兩人商量好：每週一次，每次兩小時，每人佔一小時，交換教學：我教他中文，他教我英文。

我問他要讀什麼書呢？他說他不知道該讀哪本書好，希望我爲他選一本好書。我知道他喜歡《紅樓夢》，我因此想到《浮生六記》。年輕的時候讀這本自傳文字，深被感動，我覺得在文言文的書中，像這樣少用典故而平易生動情思宛轉的作品是極少見的。我有一個長久寓居在杭州的表伯林同莊先生，偶然看了這本書，大爲感動，逢人常常稱讚此書。可見這部書是老少都愛看。我又想非正統的文學中，有不少有趣味的好書，一向都被埋沒，而且這書又有林語堂的英文翻譯可以對照。我決定提供他先讀《浮生六記》。我從書架上抽出一本俞平伯校點的開明版的《浮生六記》小册子給他看，他翻閱了一會兒，就同意了。林語堂的英譯《浮生六記》於民國三十四年發表後，我在上海看到什麼報上登了一篇富挑戰性的文章：〈林語堂的中文程度不過如此〉，指出林氏誤譯的地方，都是一些小問題，有的也許是譯者看得太快，看漏了的緣故。林氏當時似乎置之不理。這些所謂誤譯現在已經無法查出，或許已經改正了也不一定。雖然林氏這英譯還有未能盡善盡美處，（我曾在一篇短文〈林語堂的中文程度〉中提到一點，這裡不想再說。）可是平心而論，他的英譯能夠不用一條注釋，而譯得這樣明暢傳神，眞是難得。無怪聽說有英國的讀者看了英譯《浮生六記》，感動得流淚。我叫S君不妨拿英譯對著看。我覺得這英譯比我所看到的一些拙劣亂譯的語體翻譯要好得多。

現在要說到上課的情形。我家裡沒有黑板，我想光憑口講，恐怕聽不清楚，我就把注解預先寫在紙上，講完了把注解交給他，要他帶回去抄一遍，下次把原注解還我。有不懂的地方下次上課時可以先問。這種教法，可以收到事半功倍的效果，因爲我們的教學時間很短促，不得不如此。

S君讀書很細心，喜歡發問，對四聲的讀法尤其注意。有時候我想偷懶，碰到麻煩的地方避難就易說開去了，他就非問不可。以後我不敢再掉以輕心，得好好地預備一番，以深入淺出的注解寫出，免得臨時受窘，又浪費時間。

至於我這方面，他推薦沙林傑的《麥田捕手》給我，這是一本純粹運用青少年的口語的小說，寫他們的心理、生活，非常生動。但是這書對我是完全陌生的。S君還自己錄了一捲錄音帶給我，要我常常聽。

我們兩人之間的關係眞是又特別又複雜，成爲亦師亦友，水乳交融。《近思錄》卷十四說：朱光庭就學於明道先生，回來對人家說：「我好像在春風中坐了一箇月。」游定夫、楊中立初見伊川先生，先生瞑目而坐，兩人侍立在旁邊。後來先生發覺了，就說：「兩位還在這裡？已經很晚了，可以回家休息啦。」他們走出門口的時候，門外的積雪已經有一尺深了。從這些記事裡，可以看出宋儒講學時的溫和而嚴肅的氣象。我們的情形則不同。沒有那種嚴肅或拘束的氣氛，我只覺得陶然，可以說是一種非常融洽自然的境界。

自從我做學生或者後來做教師以來，上課的時候多少有點勉強，有時候甚至認爲是苦事。可是我和S君交換教學的時候，不覺得絲毫的勉強（事情忙迫時可以暫停一兩次），只覺得輕鬆歡欣，也許可說是一種樂趣。S君是喝茶的，我泡一杯熱茶和一杯冷開水給他。夏天酷熱的季節，還預備了冰凍的杏仁豆腐，既可以解渴，又可以增加閒逸的情調。上課的時間原定下午兩點半開始，但S君因搭公車常常塞車的關係，多半會遲到。我們總是從三點鐘開始，應該上到五點結束，而我們往往會延到六點才停止。當中休息五分鐘，S君就跑到院子裡抽菸。──我叫他不妨就在屋裡抽，他總是不肯。當我們下課的時候，外面天已經黑了，而且偶然還會下起雨來。這時候S君就撐著常備的傘，還得趕到他所兼課的大學上夜間部的課。

《浮生六記》原缺後二記，後來雖然說被人發現了殘缺的兩記，但是細看文章，和前四記迥然不類。前記是作者在芸死後苦樂相間的回憶之作，寫來帶著濃厚的感情；後兩記言之無物，只在大做文章，如第六記先套用汪容甫的〈自序〉，隨後又抄〈秋聲賦〉一大段。沈三白的前記只寫他們自己的日常瑣事，哪裡還有餘暇來抄書呢？顯然是僞作。所以我只講前四記，後兩記從略。前四記於民國七十三年七月間講畢，──因爲我在該書的末頁記了講完時的年月。

繼《浮生六記》之後，我又提供他讀非正統文學的名著《世說新語》。他也同意了。《世說新語》南朝宋劉義慶撰，梁劉孝標注。以類相從，分爲德行、言語、政事、文學等三十六門。記述東漢魏晉間名士文人以至僧人婦孺的言動軼事，偶雜口語，文字簡潔而生動，頗足以賞心解頤。

我本來想只講正文，劉孝標的注雖然徵引浩博，有其特色，可以和裴松之的《三國志》

注媲美，但因爲太繁，講解起來太費時，打算擇要提到；而S君卻說：

「有人說：劉孝標的注勝過《世說新語》的本文，我想，應該連注讀。不知您認爲怎樣？」雖然是商量的語氣，很明顯的，他是要我連注講。

「那麼，好，就照你的意見……吧。」我知道他做學問不肯馬虎，遲疑了一會兒，回答說，「不過，劉注有的比本文長好幾倍，我得儘快講，有不懂的地方，不妨隨時發問。」

這一答應下來，我可慘啦！劉孝標的注，我以前只是涉覽過，未曾細看。就是《世說》本文，也有好多的問題需要查考。S君幫我找到了十多種參考書。有 *Richard B. Mather* 的英譯本。大陸出版了兩部《世說新語詞典》，我最近才看到。而有關注解的參考書幾乎沒有。

劉孝標的注，所採用的書有四百餘種，也有採自《三國志》裴松之注的，而小加改易。總之，我現在必須將劉注逐句講解，眞不是容易的事。如〈排調篇〉有一則〈頭責秦子羽〉，本文只有九十三字，而劉注卻有一千多字，其中引晉張敏的一篇〈頭責秦子羽文〉就有九百多字，這是一篇非常怪異尖新的文章，是說秦子羽的頭譴責秦子羽，徒有雄偉的容貌，而困居陋巷，沒有人援引，以嘲諷當時在高位的張華、鄒湛等六人。我爲要解說這篇奇文，寫了好多的注解。許多年來，我所寫的注解累積起來，有好幾大疊。我的一本《世說新語》，封面早已破損了，頁邊留著久經手翻過的烏黑的汙痕。古人說的「教學相長」，這時候我才真實地體驗到了。

從民國七十三年八月開始，上課的時間已經改爲每兩週一次，中間或因兩人中之一出國旅遊、生病、或其他事故而暫停，斷斷續續，一直到八十二年年底，才將《世說》三十六篇連注全部講完。假如用俗語「細水長流」來形容，倒是很確切的。

再說到我讀的英文方面。讀完《麥田捕手》後，我選了一本輕鬆而富詩意的小說，海明威的《老人與海》。這本中篇小說我以前是讀過的，不過有的地方還不大明白，想再讀一遍。老人用作釣餌的到底是什麼魚呢？我問過幾個美國朋友，都說不清楚。S君是很仔細的，他指著書中三十四頁就有一段敍述。釣鈎是很大的，一條當作餌的小鮪魚頭向下直戳在釣鈎上，縛了起來，又縫得牢牢的，鈎子彎曲的部分和尖頭，貫穿了許多條新鮮的沙丁魚，都從兩隻眼睛穿進去，好像半個花圈似的。在大魚看來，釣鈎上不論哪一部分都是香甜美味的。……只怪我讀時太疏忽了，沒有注意到。

我搜集了四、五種中譯本來參考，其中我比較喜歡張愛玲的翻譯，因爲她的譯文淺近流利。可是對照了英文來看，據S君說：張譯不免尚有一些瑕疵。（怕一般讀者不感到興趣，這裡恕不列舉。）其他的譯本也都是大同小異。

「我看過趙元任翻譯的《阿麗思漫遊奇境記》，」S君接著說，「這是一部帶著許多笑話的童話，他用活的北平話翻譯，翻得眞是恰到好處。這個譯本可以說已經做到『信、達』的標準了。」

第三本我讀的英文書是喬伊斯的《都柏林人》(*Dubliners*)。這是一本內有十五篇的短篇小說集。我最喜歡最後一篇〈死者〉(*The dead*)，我又曾看過名導演約翰・赫斯頓拍的〈死者〉的影片，因此對這篇小說裡的哀傷悽美空虛的境界，有了更多的體會，而深受感動。這部小說我還沒有讀完。……不過，我得聲明：像我這樣的年齡，坦白地說，讀外文已經不是時候了，自然談不到什麼進境，只想藉著有人指導的機會，對著原著來盡情地欣賞一番而已。

回顧我們這持續十年的亦師亦友的交往，曾經度過了的這些歡欣的時刻，我覺得無限的眷念與珍惜，我想S君必定也有同感吧。在這似乎很短其實是很長的十年後的今日，怎麼可以沒有片言隻字記述，而讓時間的浪潮沖走了一切已往的痕跡？因漫記如上。……朋友們，如果不嫌棄的話，我願意把這不尋常的體驗呈獻給諸位。

如是我見

百草園・咸亨酒店

百草園在魯迅故居的後面，園很大，長著許多野草，還有幾棵蒼翠的大樹，一個似乎是水池，如今是一個荒蕪不堪而帶神祕性的後園。它使我記起外婆家的荒涼的後園，……同時也使我聯想起《朝花夕拾》裡所描寫的有碧綠的菜畦、光滑的石井欄，又有蟲聲鳥鳴的富有詩意的魯迅童年時的樂土——百草園。

由百草園轉到臥房、書房，那裡陳列著魯迅少年時期睡的床帳，書桌，靠背木椅等，可以想見他年輕時的樸素勤奮的生活。

離故居不遠，越過一條大路就看見一道小石橋，過了石橋就是三味書屋了。這是魯迅初次上的有名嚴厲的書塾。所謂三味者，據說是取「書如三味」的意思：即經如米飯，史如肴饌，子如調味之料。又聽說三味書屋原來叫做「三餘書屋」，匾上的四個字是梁山舟的手筆，後來改爲三味書屋，將匾上的「餘」字換成「味」字。書塾先生的家就在這裡，他的號叫壽鏡吾，高而瘦，鬚髮已經花白，戴著一副大眼鏡。人家都說：他是本城中極方正、博學的老人，而且又是遠近聞名最嚴厲的先生，但是他絕不虐待學生，他雖然有一條戒尺，卻並不常用。

三味書屋是坐東朝西的三間側屋中的第三間，那天正是下雨天，屋裡很陰暗，從外面走進去，過了一會兒才辨認出上面是一張大書桌，書桌後面放著一把大椅子，這當然是書塾先生坐的。其餘的桌椅凳子都凌亂地堆疊著，顯然不是當年的模樣了。地似乎是磚地，打掃得還算乾淨，比起我小時候讀的書塾，凹凸不平的泥地上，放著大大小小的桌椅長凳，要好多了。而這裡的環境也比較幽靜，不像我那個村塾，周圍都是污穢可厭的稻草堆和糞坑。

從三味書屋回頭走，大約半里路，右邊就看見聞名久矣的咸亨酒店。白地黑字，有點像趙之謙體的四個粗肥大字「咸亨酒店」很是顯眼。酒店還是舊式的房子，古色古香。雖然開了微弱的電燈，屋裡還是很黯淡，只看見一群黑壓壓的客人在蠕動。店面無法擴充，後面卻增添了好幾間雅座，你可以看得出來這家酒店的生意比以前興隆多了。

看到咸亨酒店，就要使人想起那個又好笑又可憐的滿口之乎者也的孔乙已。在魯迅的筆下，孔乙已是被寫活了。他是被時代的急速的浪濤沖倒的書獃子。當我跨進咸亨酒店的門口，眼前就現出一個穿著又髒又破的長衫，站在櫃臺外喝著酒受著眾人取笑的小人物的影子。

據曹聚仁的《魯迅年譜》說：〈孔乙已〉是魯迅自己所喜歡的一篇小說。這話不知道他是從哪裡來的？……在魯迅的日記裡（八年三月十日）也提到這篇稿子，曾經謄錄過。他雖然嘲諷孔乙已的「好喝嬾做」，可是對於苦人總是寄予一些同情。他要把這個受世人揶揄的苦人刻畫出來，讓讀者看個清楚。

這時候已經是中午了，我們要在這裡吃點心。顧客很擁擠，我們雖然排隊買到了吃的東西，卻找不到空位子。等了好久，才勉強在兩個客人的對面擠著坐下來。他們的面前擱著兩碗紹興酒，臉上已經有點泛紅了。我們買了好多包子、豆腐乾、茴香豆，……還有一碗湯，吃得飽飽的。可惜我不會喝酒，不然，眞要買一碗地道的紹興酒品嘗品嘗呢。至於那有名的茴香豆，卻並不好吃，說實話，還不及臺北的發芽豆。

我走出咸亨酒店，爾瑚的夫人替我們拍了一張照片，雖然拍的不怎麼好，那四個招牌字倒拍得滿清楚的。

・蘇堤的風光

從花港向湖面看，湖中有一帶狹長的平洲，上面種植著垂柳，景物特別清幽閑美。爾瑚指著告訴我說：「這就是蘇堤，堤的這邊是後湖，堤那邊是外湖。」

怪不得這兒這麼迷人！我看了又看，……要說它的好處在哪裡，卻又說不出來。我連忙拿相機給爾瑚，要他把蘇堤的遠景先替我拍一張。

蘇堤，以前杭州人都叫它蘇公堤，是蘇東坡於元祐年間知杭州時所築的。西湖的淤塞，到了宋代越來越嚴重了，有許多處都變成葑田。這葑是什麼呢？葑就是茭白的根，生長非常迅速。西湖的水倘若一旦乾涸，杭州的人就難免要受缺水之苦了。東坡因此親自到西湖上去察看。他想：應該把葑泥統統挖掉，可是這些泥倒到哪裡去呢？忽然他靈機一動：何不在湖中從南到北築一道長堤？既可以傾倒葑泥，又便利行人，因爲湖的周圍有三十里路，走起來滿遠的。於是立即向朝廷請准開湖，他自己也極熱心，常常去湖濱督工。有時候肚子餓了，就把築堤工人的飯拿來吃，權且充飢。堤築成了，又開了六個橋洞，堤上還種植了花木楊柳，看起來眞像在圖畫之中。……

「快來！我們轉到蘇堤去吧。」我貪看湖上的景色，不覺沉入遐思，爾瑚催著我快走。

蘇堤的景物，近不如遠。堤面本來當是沙鋪的，現在改成水泥，兩邊種的楊柳依舊，花木顯然是減少了，有的地方還以竹籬笆護著，更破壞了美觀。整個的堤是污染了，並不潔淨。堤邊立著碑，寫著蘇隄兩個字，字體有點仿蘇體，據說是現代的書法家所題的。汽車是禁止在堤上通過的，三輪車卻勉強可以通行。我想走完蘇堤，怕他們嫌我走得太慢，我建議坐三輪車，自南到北一直踩過去。從第一橋映波開始，接下去是鎖瀾，望山，壓堤，東浦，最後第六橋是跨虹。每到一個橋，爾瑚都要跳下車，從後面推著我們坐的車上坡。眞難爲他一連推了六次。

天色是陰陰的，不熱也不冷，眞是難得的遊覽季節。遊人也不少，他們熙熙攘攘，來來往往，好像在趕路似的，沒有一點閑逸的神情。

我這次來遊，確實太匆匆了，沒有乘小船遊湖，也沒有月下看西湖，雨中領略奇景，……都使我引爲恨事。只希望來日的重遊能夠彌補我這些遺憾。（參見圖十五）

●被冷落的冷泉亭

我到了靈隱寺，就問爾瑚：「冷泉亭在哪裡？」他說不知道。我雖然沒有到過西湖，憑遊記，知道冷泉亭在飛來峯附近。我找來找去，沒找到，……猛然擡頭，卻看見一個灰暗古舊的亭子，屹立面前，在黯淡的光中，依稀辨認出亭子裡懸掛寫著「冷泉亭」三字的匾。「哦！冷泉亭！原來就在這裡。」我樂得叫了出來。

亭子臨著一條溪，溪岸有一丈光景的深，溪水已乾涸，只如一條帶子似的靜靜地流著。我記起白樂天的〈冷泉亭記〉裡斷斷續續的幾句：「亭在山下水中央。……吾愛其泉渟渟，風泠泠。山樹爲蓋，巖石爲屏，雲從棟生，水與階平。……」

我又想起，好像是《雲溪漫志》裡說：東坡任杭州知州的時候，在酷熱的夏天，常帶了公文到冷泉亭，坐在那兒快速地辦妥公事，然後和僚屬們喝酒，或泛舟遊湖。東坡有點胖，夏天格外怕熱，那時候冷泉亭的泉水，想來還潺湲清冷，這確是一個避暑的好地方。像現在這個滿是灰塵的亭子，如果東坡到這裡，他的雅興也會消失了。

我叫爾瑚替我拍一張冷泉亭的照片。

「亭子太暗，」他說：「你不如過溪，站在那塊刻著『飛來峯』的巖石下面，我從亭子裡替你拍一張。」

那裡附近的石壁上，刻著一副語含禪機的對聯，聯語道：

泉自幾時冷起

峯從何處飛來

沒有題書寫人的姓名。我在這個石壁下面徘徊了好久。

後來我回到家裡，查《袁中郎遊記》，其中這樣說：

「觀（樂天）此記，亭當在水中，今依澗而立，澗闊不丈餘，無可置亭者。然則冷泉之景，比舊蓋減十分之七矣。」

可見冷泉亭在明代已經移建在溪岸邊了。因爲亭子建在水中固然好玩，可是一旦遇著暴風雨，容易被山洪沖壞，勢必不斷地修建，又不斷地被水沖壞。

樂天的記中說：冷泉亭是唐代刺史元䙟所建。《西湖遊覽志餘》（二十三卷）又說：白樂天極贊美冷泉亭的景色，而宋代有一個郡守毛友卻以爲有礙眼界，非要把它拆掉不可。人們的好尚不同如此，亭子的命運也就跟著人事而興廢了。

現在的亭子裡外塵穢滿眼，溪裡似帶的涓涓流水，再也引不起遊人偶然的顧盼，無怪乎現代的遊客把冷泉亭冷落遺忘了。

●早　行

一早出去散步，如果看見圓月還在西空未落，我會很高興，覺得這是美滿的開始，一天都會稱心如意；假如不小心踩到了一堆狗屎，那就弄得手足無措，整天沮喪，倒楣透頂。

我朝自己的家走回來，常常要碰到一個老人，滿頭白髮，垂到兩頰下邊，戴一副金邊眼鏡，左手拄著枴杖，右手牽著一頭白狐狸狗，一跛一跛地，迎面而來。牠時時刻刻要停下來，東聞聞，西抓抓，蹺起一隻後腳，在汽車輪子邊撒一點尿，有時候蹲著拉下一灘稀稀的大便。有一次就靠近我家的大門口拉。……我忽然覺得怒不可遏，眞想對那老傢伙責罵一頓，或者走過去把那頭可惡的狐狸狗痛打一番，……可是我又想：那個老者也不會示弱，也許不只惡聲相向，還會用他的枴杖打人！……於是會有路人圍著觀看，他的家人也會出來幫著他。……我不願意這樣……，只好忍受著，懷著一肚子的怒氣回到家裡。

一天，那老人沒有出來散步了，——也許是他生病了，我想。一個女孩子牽著白狐狸狗出來。牠也是不時要蹺起一隻後腳撒尿，後來又是拉一灘大便。那女孩子連忙拿出隨身帶來的一束衞生紙把它包了起來，放在一個塑膠袋裡。

這情景，使我深深地感動了。我頓時覺得這女孩子是那麼懂事，使我尊敬。她比她的爺爺（我猜想）懂得多了，懂得環境的清潔。

我想起培根在一篇〈青年與老年〉短文裡說：

「不過講到道德方面，或許年輕人比較好些，像老年人在政治方面比較出色一樣。……一個人經歷的世事越多，越容易沉醉。與其說年齡可以增加人們的意志和感情方面的美德，不如說能够增强人們的理解能力。」

這是多麼明智的話啊！

頑固而自私的老人啊，我要詛咒你：你是早該滅絕的時代的落伍者！

●椶櫚及其他

南窗外面有一株椶櫚，孤寂地矗立於牆頭，自從我搬進這座屋子時就種在院子裡了。它的遮蔭雖然不多，在夏天多少會給人一點陰涼。常常有花匠來，剪下一些葉子，順便又給它修剪一下，摘下枯葉，隨即一併運走。我問他爲什麼肯這樣做？他說：「我需要一些綠葉，剪了帶回去，因此順便替它修剪一番，當作回報。……」

近年來，不見那花匠來了。我問人：是什麼原因？他告訴我道：「這株椶櫚樹太老了，人家不要它的葉子啦。」唉！原來樹也像人一樣，老了就不被人們所喜愛了。從此我只好自己收拾枯葉，拿到垃圾堆裡去。那枯葉又長又粗大，運走很費事。

種果樹討人喜歡。可是果樹假如靠近路邊，會增加你的痲煩。果實還未成熟，就會有野孩子爬上牆頭偷摘。我家種的一株蓮霧，第二年果子長得好，就遭到這個災厄。第三年沒人摘了，因爲果子生了蟲。

「竹林七賢」之一的王戎，七歲時跟一群小孩子一同玩。看見路邊的李樹結了纍纍的果實，把樹枝壓得彎彎的。小孩們都爭著去摘果子，只有王戎一動也不動。人家問他爲什麼不去摘，他回答說：「長在路邊的李樹卻結了很多李子，一定是苦李。」摘下來嘗了一嘗，果然是苦的。偷摘果子的風氣，從古時到現代，依然絲毫未曾改變。

後院裡一株芭樂，結的果實也被蟲蛀，沒有成熟就掉落了。果實的香味引來了痲雀、斑鳩們來啄食。不久，果實腐爛了，生了不少的小飛蟲，到處飛翔。於是招來了鄰居的怨聲，一見面就說：

「你家這株芭樂被蟲蛀了，掉下去的腐爛發臭，生了許多小飛蟲。……還有颱風一來，樹枝要打壞屋瓦。快點找工人來，砍掉它！」

芭樂的枝葉向屋上傾斜，遮蔽著西曬的太陽，我有點捨不得砍掉，可是轉念：「它會打壞屋瓦！」

沒辦法，只好打電話叫鋸樹工人來。他拿了鋸爬上樹，馬上又下來。

「不行！」他搖著頭，說：「樹枝太細，不好攀援。……如果踏壞了瓦，或者樹枝打下來，打壞屋瓦，我可賠不起！」

我堅持要鋸掉芭樂。後來，前後院鋸樹工資連運費自五千元增到八千元，他才答應。他說：「明天再找一個工人來幫忙，用痲繩縛著樹枝，一人鋸樹，另一人把它拉下來。」

鋸了樹之後，剛好碰到大晴天。屋裡熱得像烤箱。

聽到鄰居說：「鋸了樹，風沙大多啦！」

市民們多半喜歡種花，不愛惜樹木。樹木帶給他們陰涼，又使得空氣清新，他們並不知感謝；偶然掉下一些葉子或者毛毛蟲，就免不了嘀咕不停。

三民叢刊書目

㉔臺灣文學風貌　李瑞騰　著
㉕干儛集　黃翰荻　著
㉖作家與作品　謝冰瑩　著
㉗冰瑩書信　謝冰瑩　著
㉘冰瑩遊記　謝冰瑩　著
㉙冰瑩憶往　謝冰瑩　著
㉚冰瑩懷舊　謝冰瑩　著
㉛與世界文壇對話　鄭樹森　著
㉜捉狂下的興嘆　南方朔　著
㉝猶記風吹水上鱗
　・錢穆與現代中國學術　余英時　著
㉞形象與言語
　・西方現代藝術評論文集　李明明　著
㉟紅學論集　潘重規　著
㊱憂鬱與狂熱　孫瑋芒　著
㊲黃昏過客　沙究　著
㊳帶詩蹺課去　徐望雲　著

㊴走出銅像國　龔鵬程　著
㊵伴我半世紀的那把琴　鄧昌國　著
㊶深層思考與思考深層
　・轉型期國際政治的觀察　劉必榮　著
㊷瞬間　周志文　著
㊸兩岸迷宮遊戲　楊渡　著
㊹德國問題與歐洲秩序　彭滂沱　著
㊺文學關懷　李瑞騰　著
㊻未能忘情　劉紹銘　著
㊼發展路上艱難多　孫震　著
㊽胡適叢論　周質平　著
㊾水與水神
　・中國的民俗與人文　王孝廉　著
㊿由英雄的人到人的泯滅
　・法國當代文學論集　金恆杰　著
(51)重商主義的窘境　賴建誠　著
(52)中國文化與現代變遷　余英時　著

⑤③橡溪雜拾　思　果著
⑤④統一後的德國　郭恆鈺著
⑤⑤愛廬談文學　黃永武著
⑤⑥南十字星座　呂大明著
⑤⑦重疊的足跡　韓　秀著
⑤⑧書鄉長短調　黃碧端著
⑤⑨愛情・仇恨・政治　朱立民著
・漢姆雷特專論及其他
⑥⓪蝴蝶球傳奇　顏匯增著
・真實與虛構
⑥①文化啓示錄　南方朔著
⑥②日本這個國家　章　陸著
⑥③在沈寂與鼎沸之間　黃碧端著
⑥④民主與兩岸動向　余英時著
⑥⑤靈魂的按摩　劉紹銘著
⑥⑥迎向眾聲　向　陽著
・八〇年代臺灣文化情境觀察
⑥⑦蛻變中的臺灣經濟　于宗先著
⑥⑧從現代到當代　鄭樹森著
⑥⑨嚴肅的遊戲　楊錦郁著
・當代文藝訪談錄
⑦⓪甜鹹酸梅　向　明著
⑦①楓　香　黃國彬著
⑦②日本深層　齊　濤著
⑦③美麗的負荷　封德屏著
⑦④現代文明的隱者　周陽山著
⑦⑤煙火與噴泉　白　靈著
⑦⑥七十浮跡　項退結著
・生活體驗與思考
⑦⑦永恆的彩虹　小　民著
⑦⑧情繫一環　梁錫華著
⑦⑨遠山一抹　思　果著
⑧⓪尋找希望的星空　呂大明著
⑧①領養一株雲杉　黃文範著
⑧②浮世情懷　劉安諾著
⑧③天涯長青　趙淑俠著
⑧④文學札記　黃國彬著

⑧⑤ 訪草（第一卷）

陳冠學 著

本書是作者於田園生活中所見所感之作，內有田園畫，有家居圖，有專寫田園聲光、哲理的卷軸。喜愛大自然田園清新景象的讀者，將可從中獲得一份未曾預期的驚喜與滿足；另有一小部分有關人性與人生哲理的文字，則會句句印入您的心底。

⑧⑥ 藍色的斷想

·孤獨者隨想錄

A·B·C全卷

陳冠學 著

本書是作者暫離大自然和田園，帶著深沈的憂鬱面對人世之作。一路上你將有許多領略與感觸，時或有天光爆破的驚喜；但多數時候，你的心頭將披著一襲輕愁，甚或覆著一領悲情。這是悲觀哲學，卻是被熱情、關心與希望融化了的悲觀哲學。

⑧⑦ 追不回的永恆

彭歌 著

本書是《聯合報》副刊上「三三草」專欄的結集。作者以其犀利的筆鋒，對種種社會現象痛下針砭，冀望這些警世的短文，能如暮鼓晨鐘般，在這變亂紛乘的時代，起著振聾發聵的作用。

⑧⑧ 紫水晶戒指

小民 著

俗世間的珍寶，有謂璀燦的鑽石碧玉，有謂顯榮的列鼎封侯。其實生活就是人生最美的寶物，不假外求。非常喜愛紫色的小民女士，以她一貫親切、自然的文筆，輯選出這本小品，好比美麗的紫色禮物，要獻給愛好文學也愛好生活的您。

89 心路的嬉逐

劉延湘 著

本書筆調清新幽默，論理深刻而又能落實於生活踐履。走一趟作者精心安排的「心路」之旅，您將莞爾一笑，心情頓時開朗。而您也將發現，原以爲只是一條山間小路，結果卻是風景優美，鳥語花香的舒坦大道。

90 情書外一章

韓秀 著

情與愛是人類謳歌不盡的永恆主題，它爲空虛貧乏的現代生活加添了無數的色彩。本書記錄下了作者在日常生活中感受到的親情、愛情、友情及故園情，在書中點滴的情感交流裡，在這些溫馨的文字中我們是否也能試著尋回一些早已失去的東西。

91 情到深處

簡宛 著

本書是作者旅美二十五年後的第二十五本結集。身爲一個教育家，作者以其溫婉親切的筆調，寫出篇篇充滿溫情的佳構，不惟感動人心，亦復激勵人性。將愛、生活與學習確實的體驗，眞正感受到人生的有情，生命也因此生意盎然。

92 父女對話

陳冠學 著

一位老父與五歲幼女徜徉在山林之間，山林蓊鬱，山泉甘冽，這裡自有一份孤獨的甘美。本書是記述作者父女在人世僻靜的一個角落，過著遺世獨立的生活的文字畫。舉世滔滔，這應是一面明鏡，堪供讀者對照。

㊈㊂ 陳冲前傳

嚴歌苓 著

在好萊塢市場，多少人一夜成名直步青雲，又有多少人一朝雲中跌落從此絕跡銀海。身為一個中國人，陳冲是經過多少奮鬥與波折，身為一個聰慧多感的女子，她又是經過多少的心路激盪，才能處於這洶湧波濤中。本書將為您娓娓道出陳冲的故事。

⑼④ 面壁笑人類

祖慰 著

本書是有「怪味小說派」之稱的大陸作家祖慰，在巴黎面壁五年悟得的佳構。他的散文神遊八荒，情貫萬里，將理性的思維和非理性的激情雜揉一起。讀其作品既能吸收大量的科普知識，又可汲取其飄逸文風的美感享受。

⑼⑤ 不老的詩心

夏鐵肩 著

夏先生一生從事文化工作，大半心力都用在鼓勵培植有潛能的青年人，助他們走上文學貢獻之路。而他本身亦創作出不少的長短佳文。本書收錄計有：詩詞小品、散文、方塊評論等。作者一顆不老的詩心，洋溢在篇篇佳構中。

⑼⑥ 雲霧之國

合山究 著

使中國風土之特殊性獨具一格的，與其說是天地的廣大，不如說是因塵埃、雲煙等而為之朦朦朧朧的自然空間吧！精氣、神仙、老莊、龍、山水畫、奇書等，其產生是有如何玄妙的根源啊！就以「雲霧」為起點，讓我們一起走進這美麗幻夢般的世界。

⑰北京城不是一天造成的　　喜樂　著

打從距今七百五十多年前開始，北京城走進歷史的繁華紛亂。現在，且輕輕走進史册中尋常百姓的那頁，一盞清茶、幾盤小點，看純中國的挿畫、尋純中國的足跡。由博學多聞的喜樂先生做嚮導，就讓你我在古意盎然中，細聆歲月的故事。

⑱兩城憶往　　楊孔鑫　著

霧裡的倫敦、浪漫的巴黎，除此之外，這兩城你可還留有其他印象。本書是作者派駐歐洲新聞工作二十多年的記錄。透過作者敏銳的筆觸，且讓讀者徜徉在花都、霧城的政經社會、文化藝術、風土人情以及歷史背景中。

⑲詩情與俠骨　　莊因　著

一顆明慧的善心與眞摯的情感，經過俠骨詩情的鑄煉，將生活上的人情世事，轉化爲最優美動人的文句，呈現出自然明朗灑脫的風格。文學對於作者而言，不僅是興趣，更是他的生命，但他不泥古而創新，在其文章中俯首可拾古典與現代的完美融合。

⑳文化脈動　　張錯　著

「我是一個文化悲觀者，因爲我個人一直堅持某種希臘式的古典禮範，而這種文學或文化古典禮範，已日漸有如夫子當年春秋戰國的禮崩樂壞。」作者就是以這顆悲憫的心，用詩人敏銳的筆觸，深刻而熱切的批判著臺灣的文化怪象。

⑽ 桑樹下

繆天華 著

本書是作者在斗室外桑樹蔭的綠窗下寫就的小品散文。作者試圖在記憶的深處，尋回那些感人甚深的、發人深省的、或者趣味濃郁的人文逸事，不惟激勵讀者高遠的志趣，亦能遠離消沈、絕望的深淵。

⑽ 牛頓來訪

石家興 著

本書爲作者三十多年來從事科學工作的心情寫照，包括思想、報導、論述、親情、遊記等等。文中處處流露出作者對科學的執著與熱愛，及超越科學之外的人文情懷，篇篇清新雋永，理中含情，情中有理，爲科學與文學的結合，作了一番完美的見證。

⑽ 深情回眸

鮑曉暉 著

作者生長在一個顚沛流離的時代，雖然歷經千辛萬苦，但行文於字裏行間，卻不見怨天尤人；有的只是對以往和艱苦環境奮鬥的懷念及對現今生活的珍惜，以及世間人事物的觀照及關懷。做爲一本懷舊之作，或是清新的生活小品，本書皆爲上乘之作。

⑽ 新詩補給站

渡也 著

你寫過新詩嗎？你知道如何寫一首具有詩味的新詩？本書是由甫獲得「創世紀四十周年創作獎」的詩人兼詩評論家渡也先生，深入而精闢的剖析一首新詩的形成過程，指導初學者從如何造簡單句到如何寫出一首詩，是一本值得新詩愛好者注意的書。

⑩⑤鳳凰遊

李元洛 著

一生從事古典與現代詩論研究的大陸學者李元洛先生，如何在放下嚴肅的評論之筆，轉而用詩人細膩的筆觸，摹寫山水大地的記行，以及人生轉蓬的寄悵，書中句句是箴語、處處有眞情，値得您細品。

⑩⑥文學人語

高大鵬 著

忙碌的社會分散了人們的注意力、淡化了人們對身旁人事物的感情，任由冷漠充塡在你我四周……而本書的作者以感性的筆觸，表達了自己對身旁人事物的眞心關懷，以平實的文字與讀者分享所遇所感，無疑是給每個冷漠的心靈甘霖般的滋潤。

⑩⑦養狗政治學

鄭赤琰 著

身處地理、政治環境特殊的香港，作者藉由動物的百態來反諷社會上種種光怪陸離的政治現象，在其輕鬆幽默的筆調背後，同時亦蘊含了嚴肅的意義。這一則則的政治寓言，讀之不僅令人莞爾一笑，更具有發人深省的作用，批判中帶有著深切的期盼。

⑩⑧烟 塵

姜 穆 著

作者是一位出生於貴州的苗族人，卻意外的捲入戰爭。在臺娶妻生子後，所抒發對戰亂、種族及親人的眞誠關懷。內容深沈、筆觸淸新，充分顯露在生活的烈焰煎熬下，早已視一切如浮雲，淡泊名利，將其一生的激越昂揚盡付千里烟塵中。

⑩河　宴　　鍾怡雯　著

人間繁華的請柬處處，不如赴一場難得的野宴。聽一回水的演奏、看一場山的表演，再來細細品味鍾怡雯爲您端出來的山野豐盛清淡的饗宴——極盡可口的綠、十分道地的藍，以及不加調味料的白。

⑩滬上春秋　　章念馳　著

章太炎，這位中國近代史上的思想家、政治家，曾因領導戊戌變法失敗而流亡海外。他雖是浙江餘姚人，卻有大半輩子的歲月是在上海度過。本書是由章太炎的嫡孫章念馳先生，從家族的口述和史料中，完整的敍述章太炎的這段滬上春秋。

⑪愛廬談心事　　黃永武　著

每個人心中都有一枝彩筆，然而在趕遠路、忙上班的歲月裏，枕頭上的日升月降中，像抛來擲去的跳丸，彩筆就這樣褪去了顏色……本書作者在辭去沈重的教職和繁雜的行政工作後，重拾心中的彩筆，爲您宣說一篇篇的文學心事。

⑫吹不散的人影　　高大鵬　著

時代替換的快速，不知替換了多少人生舞臺上出現刹那的面孔；而人類，偏又是最健忘的族群。本書中所收錄的文章，均是作者用客觀的筆，爲曾替人類社會或文化默默辛勤耕耘的「園丁」們，做最眞實的文字記錄。

113 草鞋權貴

嚴歌苓 著

曾經叱吒風雲的老將軍，是程家大院的最高權威，九個承繼他刁鑽聰明的兒女，則個個心懷鬼胎……一個來自鄉下的伶俐女孩，被命運的安排，走入這權貴世家。威權的代溝、情份的激盪、所有內心的驕傲與傷痛，這會是怎樣的衝突，怎樣的一生？

114 是我們改變了世界

張　放 著

從事文學藝術的工作者是「人類靈魂的工程師」。如果作家不能提高廣大讀者的精神生活品質，而僅爲娛樂人心、滿足人們的好奇和刺激。那麼與馬戲團的小丑或兜售春藥的小販何異？故而作者不禁要問：是我們改變了世界，還是世界改變了我和你？

115 夢裡有隻小小船

夏小舟 著

日本人參加婚禮愛穿黑色、日本料理味輕單調、日本人性格分ABCD、還有情書居然可以賣……於日本教書的大陸作家夏小舟，在本書除了告訴你作者旅日的見聞趣事外，也且隨她乘坐那夢裡的小小船，航行向那魂縈夢遷的故國灣港中。

116 狂歡與破碎

林幸謙 著

你可曾聽過溯河魚的傳統？憑著當初離開河源的記憶，激勵著牠們回到了河川盡頭的故鄉。寧願冒著生命的危險，也不願成爲溫暖海洋中的異鄉客。本書作者由溯河魚的傳統，引入海外華人的悲調，一種狂歡與失落、破碎而複雜的心靈面貌。

⑰ 哲學思考漫步

劉述先 著

同樣的環遊世界旅行，企業家看到的是廣大的市場和商機；觀光客沉迷的是風景名勝和購物；文人墨客則歌詠人類史蹟與造物的奧祕。而哲學家呢？本書作者以其敏銳的邏輯思考，在具體的形象世界中悠遊漫步。期待您經由本書而拓寬自己的視野。

⑱ 地鼠與玫瑰

水晶 著

地鼠營巢於地下，專喜啃嚙花草植物的根莖。而玫瑰是酷愛陽光的美人，有潔癖，不能忍受穢物……本書作者從事寫作近四十年來，筆墨蘸盡世間人情冷暖，猶然孜孜不倦的寫作。揮灑於字裡行間的，是一種識盡愁滋味後卻道天涼好個秋的豁達心境。

⑲ 紅樓鐘聲

王熙元 著

文學博士王熙元教授，多年來一直不能忘情於散文的寫作。他的散文清新而感性，談生活點滴，筆端眞情流露；論人生哲理，則深入淺出，發人深省。此外剖析文學之美，或回憶個人成長、求學的心路歷程，亦多令人有所啓發，值得一讀。

⑳ 寒冬聽天方夜譚

保真 著

本書爲「青副」專欄「靜夜鐘聲」的結集。作者將其對生命與同胞的熱愛、執著，用感慨深邃的筆調，表現於一篇篇的短文中，告訴我們現今的臺灣與中國，需要我們付出什麼樣的關懷。在這些簡短的文字中，希望也能燃起我們一絲對民族的熱情。

國立中央圖書館出版品預行編目資料

桑樹下／繆天華著.--初版.--臺北市
：三民，民84
面；　公分.--(三民叢刊；101)
ISBN 957-14-2176-6（平裝）

855　　84003321

著作人　繆天華
發行人　劉振强
著作財產權人　三民書局股份有限公司
臺北市復興北路三八六號
發行所　三民書局股份有限公司
地　址／臺北市復興北路三八六號
郵　撥／〇〇〇九九九八一五號
印刷所　三民書局股份有限公司
門市部　復北店／臺北市復興北路三八六號
重南店／臺北市重慶南路一段六十一號
初　版　中華民國八十四年六月
編　號　S 85284
基本定價　肆元貳角
行政院新聞局登記證局版臺業字第〇二〇〇號

ISBN 957-14-2176-6（平裝）

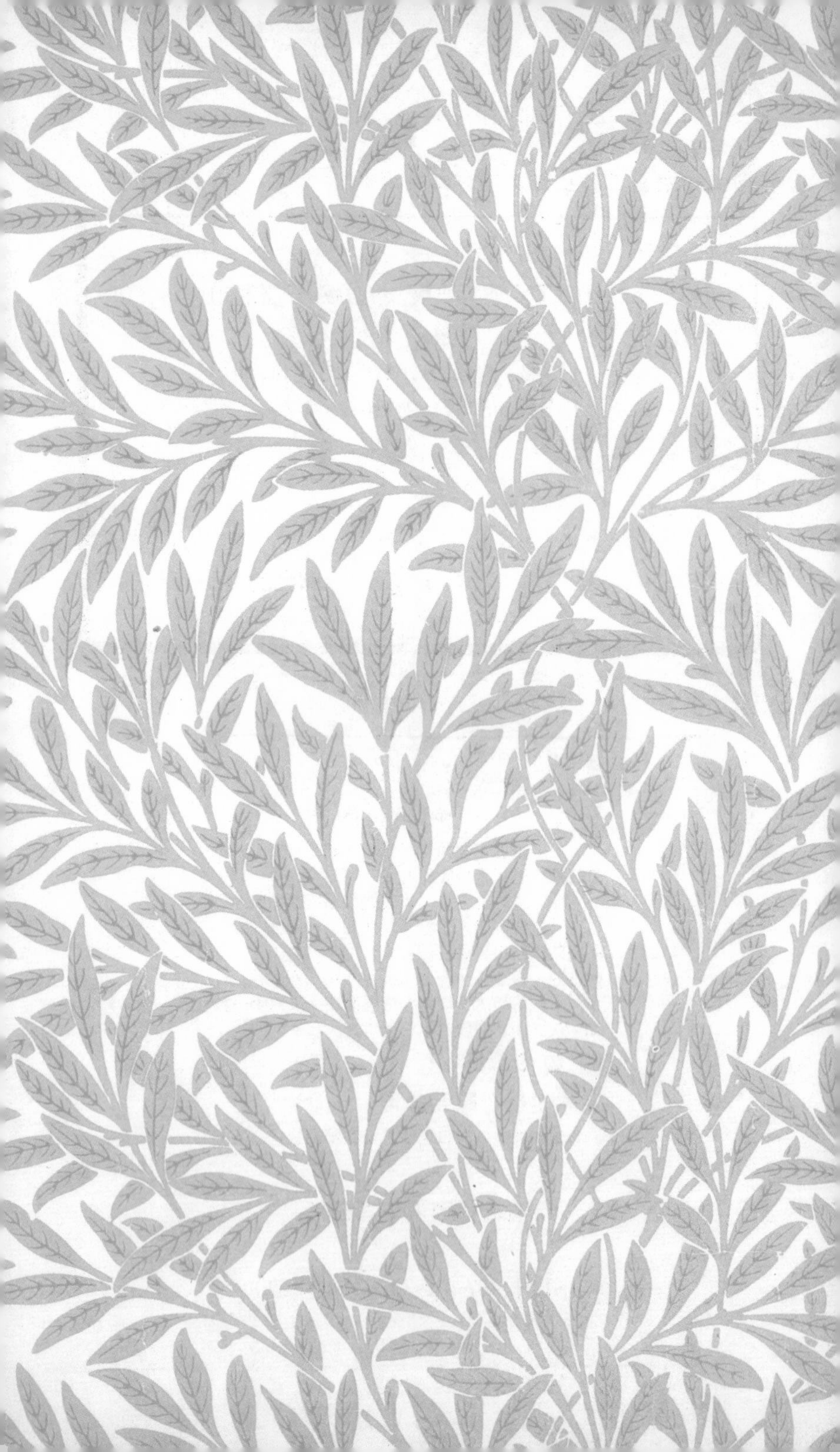